うるわしの表《おも》《て》町《まち》

野田 瑛子
NODA Eiko

文芸社

目　次

戦中から戦後へ　山の手から荻窪へ

大使館や公館を残してとうとう民家が焼かれてしまった。

昭和20年5月24から25日、東京大空襲のフィナーレ攻撃の都心部最後の最後の空襲、ワールドワーツウ、太平洋戦争。赤坂区の持家4軒と借家2軒は全部焼け出された。目黒、上馬、渋谷、中野、銀座の親戚は、何とか戦火を免れたけれど、それでも被害はあった。何しろアメリカ軍は航空写真を隈なく撮る。細かく分析をする。低空飛行で連隊をなして飛んで来ては爆弾をバラバラといっせいに落っことしながら通過していく。たまったもんじゃない。1メートル差で焼夷弾の当たらなかった所と当たってしまう所があるなんてかなうものか。のちの大人達の話を聞いて驚くばかり。

我が家には地下室があった。そこを防空壕に使った。ウウ～、ウウ～、ウウ～

〜、ウウ〜、サイレンが鳴る。部屋の階段を下りて地下室へ。いよいよ本土への攻撃が始まった。地下室は畳敷きの部屋で、寝具と食料が備蓄してあり、天井からは明かり防止の布を傘にかけた電燈が吊ってあった。じょうは先ず焼け落ちたばかりの都心を自転車に乗って、上野へ行った。そして上野の山から都内を見渡すと、一面焼け野原だったのに呆然とする。途中で自転車はパンク、ガラスや釘などよけながらやっとの思いで帰ってきた。赤坂の人達はみな疎開先にいたから大丈夫だったが、熱湯となったお堀に次々飛び込んで命を落とした人の話はいたたまれない。体の脂《あぶら》が熱湯でよどんでしわになり、その遺体を竹竿で引き上げる話は、あまりにも無残だ。疎開先を探し始めた時は、山梨に田舎があるので聞いてみます、といってくれた町内の人らと山梨辺りを見て回ってきた。そしてじょうは岡田薬局さんの塩山の蚕棟の空家を借りる事に決めてきた。東京は焼かれまい、と誰しも思っていたのに、いよいよ危ないと言うので塩山へ。家財は大事な物と生活に必要な物だけ運んだがあとは東京に置いたままだ。大きな用水桶に水を張り、被害を少しでも減らしたいので、お風呂の湯船にも水を張って、上質の瀬戸物類をぎっしり詰めた。金銀製品は全て国へ供出。戦火のあと、戻ってきたらそれもあれも粉々になって全滅していた。泣いても騒いでもみんな使い物にならない物ばかり。

淀橋区にはささこの実家があって、大正12年（１９２３）９月１日、お昼前、M7・9の関東大震災で近隣一体が焼け壊れてしまったのだが、再建して住んでいた。でも又、東京大空襲の初空襲で新宿区が１９４２年４月18日に被災した際に、柏木の家も角筈の家も焼けだされた。しかたがないので中野の家に住むことにする。子供の頃おじいちゃんの話を聞いて大変だっただろうと思うが、アゲハもずっと後の東日本大震災（３・11）を新宿の銀行に居る時にまともに体験して頭の中がまっ白になったので、それまでは「頭の中がまっ白」ってどんなふうになるのか知らなかったのが、ああなるんだと分かって、本当に地球が終わるのかと思うくらいびっくりした。ステンドグラスみたいなピカソの絵があっちこっちに動いて白色がすごく目立った気がした。あとでデパートの６階にいて揺れを感じたので、おどろいて１階までかけ下りてきたという男性が走ってきて、同じようなことを体験してまだ頭がチカチカするといったのは今でも印象に残っている。

塩山での疎開生活はあまり覚えていないが、大家さんの子とかりんの実が珍しかったのと桑の実がびっくりするほどおいしかったこと、そして山羊の乳を飲んだことは覚えている。甲府が焼けている、甲府が焼けている、と大人達が夜、大騒ぎして甲府の方角を見ながら話している声もうっすら覚えている。あくる日、じょうは親族に相談したり、今後の住居を探しに行ったり。このままずっと塩山に居るわけにはいかないので、忙しくて大変だった。そこへ友が来て、荻窪に伯父さんの住んでた家があるんだが買ってくれまいか、と言う。なので、一緒に見に行ったら環境の良い所で、家も広いので買うことに決めた。家族の住居が確保できた。やれやれ、でもそれを9年余りで売ってしまって、後に京都なんか行くことにしたのが悔やまれる。でも静かでのんびりした郊外で、一時はとても良かった。この間まで戦中だったなんて思えないほど落ち着いた暮らしの近所の人々を見て、何てアンバランスな現実かと思った。

郊外は静かで目立つ。でも都心も目立つ。でもまちの護りはよく、なつかしさがこみあげてくる中で早く何とかしなければと、気持ちがあせるのを必死で抑えながら疎開先から戻ってきて、急きょ中庭を耕やして畑にした。この沓掛の家はお助け神だったのにその時は他の事で頭がいっぱい、あそこを手放して失敗、と気付くのは30年たってから。世の中はみんなそんなものだ。塩山の農家で野菜作りを教わって良かった。必要な野菜を次々と種まきしてどれもよく育ち、いい収穫ができたのでみな喜んだ。ヘチマはお風呂であかすりに使ったり食器洗いにも使った。柿、ぐみ、いちじく、ざくろの果樹と山椒の大木があってどれもたっぷりの実がなった。薮ラン、ギボシなどどこの家にも生えていて庭のすみに竹、みょうが、みつば、ふきが生えてくる。

長年いてくれた婆やさんが、これからもこちらに置いて下さいましと頼むので、今後、いろいろと大変になるが、世の中が落ちつくまで居たらいいとじょうが言う。髪はポンパドール、色黒であるが整った顔立ち、身寄りのない人であった。よく一ツ木神社も行ったし豊川稲荷も行った。田町も新町も散歩をした。とても正直な婆やさんだった。

隣の裏庭には2人乗りのブランコがあって、高校生くらいのお姉さんがブランコ乗る？　といって手招きをする。アゲハ、5歳を過ぎた。

口数の少ない子といわれた子供時代は、いつも1人で家のまわりだけにいた。八つ手の葉っぱに真緑の2センチほどの蛙を見つけてびっくりしたり、日当たりの良い縁側に座って、お庭を見て過ごしていた。でも、家に愛着はなかった。

親もそう思っていたようだ。後に売ってしまう。所詮は間に合わせの仮の住居、まだ赤坂への愛着は消えていない。なつかしいのは当然、家の近所も学童も町内も医者も仕事も土地勘も何もかもなじみ深い人々とふれあいながら暮らしていた所なのだ。知らない荻窪にはまだなじめていない。永田町、氷川の学校に行けなくなった。セレブ生活は終わった。

でも荻窪の家はいい家、あゝ世の中は気付かせてくれない。止めてくれなかった。

小学校へ入る年になった。近所のフタミさん、シムラさん、サカモトさん、そして少し離れたコバリさん、クボカワさん、ツルサキさんと（桃井第一小学校）一緒の級になって、時々お互いの家に勉強しに行った。行くと、どこの家でもそうだったがお茶とお菓子を出してくれた。お母さんの手作りのお菓子、とてもおいしかった。うちでもささこはよくお菓子を作っていた。ふくらし粉をちょっと入れて、溶いた生地でしょっちゅうドーナツを作ってくれた。お料理も上手、いつもたっぷりこしらえる。

戦時中には人工甘味料のズルチンとかサッカリンを使うと聞くが、うちには白砂糖があった。一度、サッカリンを見たことがあるが、味の素みたいに白くて粗い粉末で、ちょっとなめてみたら甘かった。

家へは駅から15分歩く。先へ行くほど緑はもっと多く松林や竹薮があって、イタチが走って行くのを見た。モグラも一度見た。

年中行事の日にはどこの家も必ずというほどおはぎを作る。大きなすり鉢に黒ごまを入れて、すりこぎで擂《す》る。そばに居ていつも擂るのをやらせてもらった。小豆ときなこも用意して三色おはぎを作るのである。又、どこの家でも乾燥豆を買ってあり、白いんげんやうずら豆をしょっちゅう炊いた。前夜から水に浸けといたのがふやけて大きくなっているのにびっくりする。煮豆はみんな大好きだった。乾物をよく使う。ストッカーに豆類、昆布、煮干、ひじき、干貝柱、かつを節、身欠ニシン、ごま、寒天、干エビ、干椎茸、高野豆腐、切り干大根、ゆば……椎茸は匂いのよい、きめの細かい、味の良い、もちのよいもの、何のお料理に使ってもおいしかった。一斗缶にいろいろとぎっしり入っていて毎日、何かしら使っておかずを作っていた。

どこの家も杉やさざんかの垣根で囲まれている。向かいは松林、夏、セミの声がものすごい。ミーン、ミンミン、ミンミンミー。ミーン、ミンミン、ミンミンミー。近所の男子が竹ざおの先にモチをつけてセミや小さな赤トンボをとる。幹にセミを見つけると、そっと近づけて、ペタッとくっつけてとる。アブラゼミ、シオカラトンボ、銀ヤンマ、カナカナゼミなど、捕っては女子に見せてへへっと笑う。ススキ、赤まんま、ケイトウ、じゅずの木、ペンペン草、カヤの木、ねこじゃらし《（エノコログサ？）》、ハコベ、カタバミ、オオバコなどそこかしこに生えていた。庭には大きな萩があって、半円状に茎が地につくほど枝垂れていて、花の時期にはどの枝も満開になる。小判型の葉っぱにまん丸い玉の露がのっかっているのを見つけると、それを落っことして、ポロッと転がして、１人で楽しんでいた。大きな庭石の横にはツツジがあり、これが咲くと見事にきれい。高さは1メートル位あり横長で上部は平、大人２人仰向けに寝られる位あった。石の上をしっぽの長いトカゲがスルスルッと動き回っている。よく見るトカゲは頭から尻尾の先までだいたい10センチ位だ。でも、ここのはしっぽが長くって全長30センチ以上あったと思う。まっ黒の縞模様なので、こっちへ来たら恐いけれど、こっちへは来なかった。突ついたり捕まえたりしなければトカゲからは何もしない。あの石の上だけをいつも動いていた。あのトカゲはこの頃は見なくなったが絶えてしまったのだろうか。いつも縁側から1人で黙って眺めているのだが、今日はたまたまささこがいて、縁の下から突然ヘビがはって出てきた。45センチ位の細いヘビで、脱皮したてだろうか、体がうす紫と肌色だった。そばに小穴があり、見ると、うずらの卵くらいの大きさの白い卵が3つ入っていたと思う。この辺はまだ蛇がいるようだ。

少し先にお寺があって日曜学校をやっていると聞いたが、あっちの方面は知らなくて、まだ行こうという気は起こらなかった。夜、お庭は蛍が10匹くらい、黄色い一円玉くらいのお月様が右や左へ曲線を描いてとんでるみたいと思ってじっと眺めていた。空には黄色の星があちこちに見えていた。男子学生は井荻の森でコウモリを捕まえて学帽の中に入れてきてはそろっと女子に見せて驚かせた。

ヒヨコを飼うキッカケがあってヒヨコを飼った。夜、大きな竹のかごをかぶせる。ララ、かごの中の七面鳥　ララ　ランラン　ラララの歌のようなかごである。エサは大根の葉の刻んだのとぬかをまぜたもの。庭中をコッコ、コッコ、と歩き回るのを追い回す面白さ。そして初卵《ういらん》を産んだ。ゆかいだった。また小犬も飼った。白の日本犬のメス犬だった。たしか成犬になって生理のある頃までいたと思うが、のちにどうしたか、引っ越したりして覚えていないのだ。生き物の成長するプロセスをこの家で随分と体験したが、生まれたてのかわいさ見たくて飼うのを喜ぶが、大きくなっても愛犬はかわいかった。

じょうは親戚や赤坂へ行き、船橋にも寄って用をし、今日は伊勢丹にも寄るので朝から大忙しだ。省線の利用が多く、環状六号線の内側にみなが居住していたので、ついあちらこちら寄ってくる。

中学になると都立学校生のぎんじらも図書館通いをし出す。

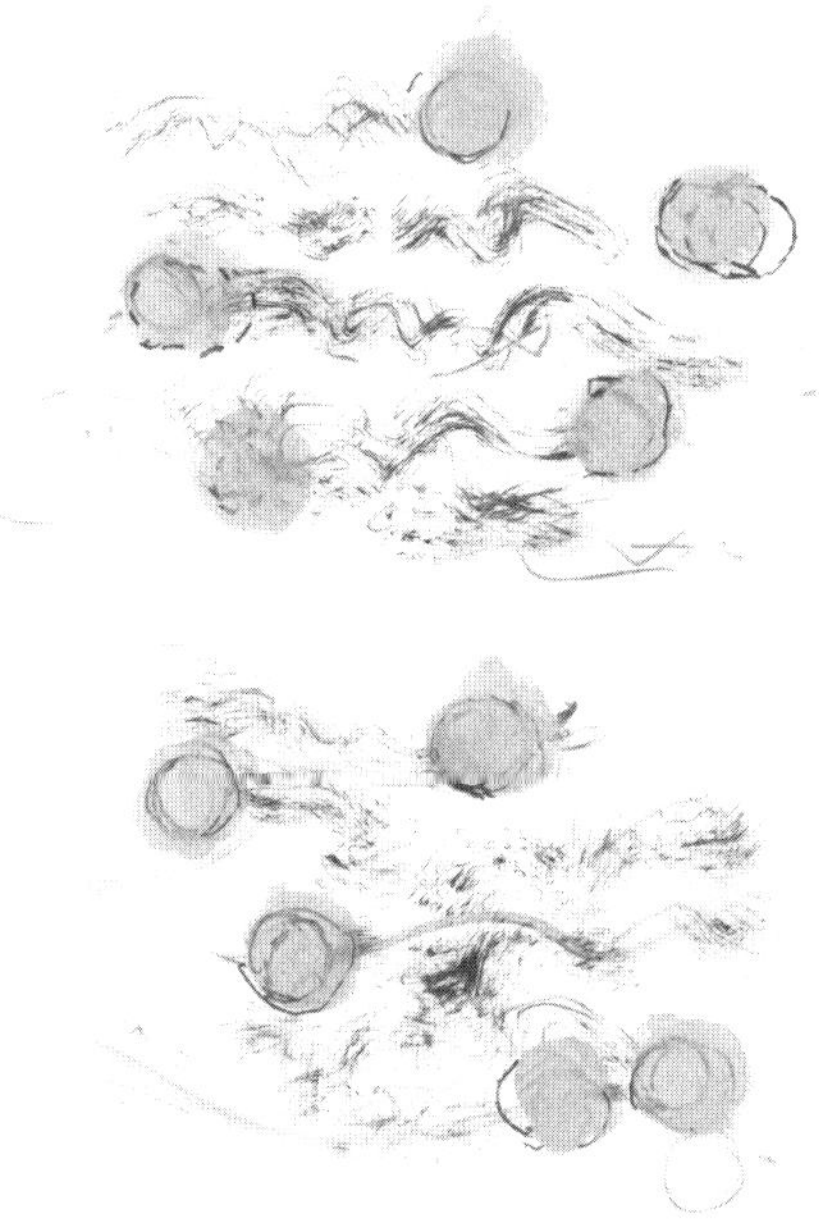

引っ越しは人生を変えることもある。ずっと後になって思った。

東京の冬は寒かった。みんな分厚い純毛のオーバーとマフラー、ラシャの中折帽をかぶって出かける。黒地に銀ネズのミンクの毛を織り込んだようなこりっこりの高品質のウール地（ホームスパンとか聞いた）のオーバーは、本当に着心地よい暖かい外とうだった。杉綾織りのジャケットも伯母達がしていた黒のこりっこりの厚手のカシミヤで艶のよい和装ショールも、本当に品の良い品物だったと思う。大人達はみな出来の良い人。昔はみんなそうだったと思うが、どこの家でもお勤めはきちんと続けていた。大伯父、従兄弟伯父、従兄弟伯母、従妹、はとこもみなそうだ。親の光を素直に頂かないオロカさんとは違っていた。えらい人の不祥事も世のニュースで話題になるが、大学出たってあんなんじゃ駄目と思うこともあるが、あれは大勢の中のたったの1人とか2人だから目立つだけ。普通はみな健康に気をつけ、職務を果たしていると思う。

じょうは駅前で雀の丸焼きや鳥のトサカ焼きを買ってきて、酒の肴にならんけどな、といってささこに見せる。

ある日、ライギョを買ってきた。えっ？　どんな魚ですか？　ささこが聞く。ライギョは骨が多くて美味でもないが、成長が早いので食料難の時、すぐに成長するので中国で養殖してどんどん増やしているという。だからうちでも一度食べてみようかと思って買ったらしい。

近所にしゅんじの学友の家があった。印刷会社を経営しているお父様は、その学友にそっくりで、お姉様は東宝の女優に抜てきされた。でも胸をわずらったので家で療養していたと思う。

町内はどの家も毎朝、玄関回りを掃除して飛石に水をまく音がする。30センチも雪が積もることがありぬれた手ぬぐいが凍るほど寒い日があった。学童の集団疎開から風邪を引いて、ひろきが戻ってきて、すっかり元気になってじょうはとても喜んだ。

世間では義務教育を終えて卒業したら、みんな何かの職について仕事をする。そして多くの戦死者を出して人口減となったので、この食料難と物資の乏しい最中に、「産めよ、殖やせよ」を盛んに報じていた。女は産むための労働もしなければならない。でも、もし今いる子達の誰かが欠けるようなことがあったら困る。でも普通はこんな時に出産はむりだ。10年もしないうちにもう、一人っ子はピアノを習っている。食べ盛りの子供がいる家は大変。

じょうは家の買い替えでまた引っ越しをする。大人達は30万だった売家が60万になり300万になった、とか話していた。昭和23年頃のほんの数年だけの世間の話である。犬は人になつく、猫は家になつくと言うが、今度の家に家族はなつけるだろうか。アゲハは転校しないで省線に2駅乗って通学することになった。学校帰りの荻窪駅前は見せ物屋さんが出ていて毎日いっぱいの人だかりだった。

ある日、がまの油を売っていた。さあ、さあ、寄ってらっしゃい、見てらっしゃい……どんなの？　びくびくしながら大人達の間に入ったが見えない。だからどんなものか分からないまま、長い間ずっとがま蛙の油だろうとか想像していた。何十年もたって我馬《がま》の馬油と知った時は、「えー？」とがっかりした。

そして、又ある日は双頭の蛇を見せるから見てって、見てって、とはやす見せ物が出てた。どんごろす（麻）の袋に頭だけが2つある蛇が入っているという。珍しそうに巧みに話すので、みなはつられて、出すまでみていたいから立ち尽くしていた。けど、なかなか出さない。じらして、じらして今にもにゅっととび出しそうなしぐさを何度も何度もやって、出しかけてはやめ出しかけてはやめる。――。いけない、寄り道してたら怒られちゃう。残念！　帰らなくちゃ。

他にもまだある。バナナの叩き売りは殆ど毎週やっていた。さあ買ってって、買ってって。甘くておいしい台湾バナナよ。

「バナナ、バナナ」、バン！　バン！

「買ってって、買ってって」バン！　バン！

新聞紙を折り曲げたものでバンバン台を叩いてはやす。

それから、戦争負傷者（「傷痍軍人」）のアコーデオン弾きも居た。片手、片足で白い綿の服を着て戦闘帽をかぶっている。アルミニウムの皿には募金が少し入っていた。ニセの負傷者も現れたりしたそうだが、実際の負傷者は本当にかわいそうな姿になってしまって、国からもし見舞金を受け取ったとしても負傷しなかった方がよかったにきまっている。人ごとじゃない。自分のとこだったなら、ならないでくれた方がどれほどよかったか、でも元の体を返せ、返せと泣いて訴えても、死んだり負傷したところは返らない。どうすれば良い？　酷だけど金銭うけとって早く立ち直るより他にない。うちも、優秀だった身内が戦死してしまった。戦争が起こらなかったらどれほど良かったか。焼け出された人、焼けなかった人、死んだ人、死ななかった人、多くの不幸があったけど全員じゃない。何ともしかたのない不公平。

家の中でしか遊んでいなかったアゲハは、省線での通学によって、駅前でのそういう世の姿を知った。今日は定期を買う日、先生、定期の証明書を書いて下さい。授業のあとで言ったら、先生は、今日いるの？　もっと早く言ってくれなきゃ。いつもそう言う。先生には言い出しにくいムードがあって、いつも帰る間際にやっと切り出すのだった。マスクして石炭ストーブの横に黙って座っているから、何か言いにくいので困っちゃう。

図工の時間や戸外写生会で描いた絵が教室の壁に貼り出されるようになったのは嬉しい。犬張子の置物を写生した時には通信簿が「5」だったのがたまらなく嬉しかった。

いつの間にか婆やさんが居なくなった。さようなら、とか（子らに）交わしていない。疎開した時、赤坂へ行って、家財を何度か運んでくれたり……とうとうやめる時が来たのだろう。親は忙しい。キャラコやブロード地の敷布を洗たく、ごはんの残りをさらしで縫った袋に入れて、水でもみだしたノリをつけて干すの見てたら、大変な労働だなと思った。

又引っ越しだ。今度は近所でなく高円寺駅北口から6分くらいのわりと静かな住宅地、近所で大きな黒い豚を飼っていて、びっくりした。相変わらず活発ではなかったのだが、リレー選手になった。運動会のお遊戯の練習も好き、食欲が旺盛になってきた。ツバのある大きな釜で1升のお米を炊く。そして炊けたらおひつに移して、さらしのフキンをかけてフタをする。アゲハはおひつのご飯が好きでなかった。お釜のご飯がいいといってささこを困らせる。何がいやなのか訳をおっしゃい、と言われそうだったがしかたがなかった。難しいことを言う年になった、とおばあちゃんに話してる。何の気なしにひょい、と言った言葉で、心を傷つけたら大変。

さつまいもが入ってくる。今度のは台北、あと農林1号も入るらしい。どこで配給なのか知らないが、よそ並みに麦ご飯もさつまいも入りのご飯も、栄養があるからと、一、二度は食べた。けっこうおいしいじゃないの。栄養だってあるし。進駐軍から買ったとか、買った人から頂いたというバレンシアオレンジやパインジュースやバター、チーズなどは格別においしく、白いアスパラガスの缶詰もなにも本当においしかった。

近所で脳膜炎になって入院した人がいると聞く。あそこに一度入ると、少しくらい良くなってもなかなか退院させてもらえず、もし退院しても結局は又すぐに入るようになってしまうらしい。各地で死ぬ程の辛い思いをしてきた兵隊さんや、内地でも焼け出されて途方にくれた人達も心が壊れてしまうこともあるかもしれない。もし身内や親友であっても年をとっていき、身寄りのない独り者が寄りかかってこられると重荷だと思うこともあるだろう。国に頼んでくれ。自分に頼まれる筋合いはない。来ないでくれ。なんてこと、悲しいことだがあると思う。

男子が川でハヤを釣ってきた。みんな、空揚げにして食べるそうだ。だからうちも空揚げにした。野菜の天ぷらはどこの家でもしょっちゅう食卓に並んだ。根菜、三つ葉、芹、独活《ウド》、椎茸、そら豆、いんげん、絹さや、なす、時には富有柿の葉や海苔も揚げた。みそ汁は毎日、そしてぬか漬けのお新香と佃煮も毎日食べた。お膳の中央におかれた中鉢に山盛のおしんこを菜箸でとってたべる。鶏の王道は玉ネギ、じゃがいも、こんにゃくと煮てみりん、しょうゆ、さとうで味付ける。これもおいしかった。ほうれんそうはおひたしかごま和えで毎日たべた。八つ頭《ガシラ》の煮付、ずいきの甘酢和えもしょっちゅうだ。あみ、小女子、かつを（サイコロ型に切ったアメ煮）の佃煮、青柳《やぎ》、あさり、じゃこ、桜エビ、めざし、塩昆布、とろろ昆布、でんぶ、小あじのみりん干、らっきょ、しょうが、赤かぶ、ひの大根、なら漬、福神漬、ひじき、高野豆腐……毎日、どれかこれか食べていて、食料難どころか、今よりいろんな物を食べていたことに驚く。でも世間では脚気《かっけ》がはやっていて、かったるい。ビタミンB1不足の人が多かった。すいとんやどんどん焼、今川焼、ドーナツ、干あんず、なつめ、ニッキ、ボンタン飴、兵六飴、南京豆、スルメ、のしイカ、乾燥芋、麦こがし、寒天、くず湯、棒ダラ、梅干、ふりかけ（ごま塩）、台所の戸棚には何かしら入っていた。今、なかなか売られていない。売っていてもちょびっと入っていて高い。あゝなつめ食べたい、あ、赤かぶ漬、たべたい。人参の葉っぱのごまあえだってとてもおいしかった。何がいいのかというと、どれもみな体によくて栄養があったから。

給食ではくじらの煮込みが一度出たことがある。大人達はくじら肉はくせがあってどうの、という人が多かった。大人があの顔をする物をアゲハは好きになれなかったが、栄養は満点、今なら喜んで体に良い物はどんどん食べる。

目黒のいとこが来た。母から言付かりましたといって、さくらんぼが2段に入ってぎっしり詰まった木箱を持ってきた。わっ、とアゲハが言うと、高かったと思うの、とささこはそっと言った。別の日の来客は、焼りんごが8ケ入った詰合せを下さり、又、別の来客は月餅が50個、2段に入った詰合せをくれた。来客が多く、持ってこられた手土産はそれもこれも格別においしかった。

伯母達からは衣類が届く。大きな柳行李にぎっしり、プリント柄の富士絹の服、クレープデシン、ハブタイ、シャンタン、ちりめん……絹が多く、絹は洗うと縮むけど大丈夫、ズシッとしてて着心地がとても良い。銘仙のもあり、子供服も役に立った。

高円寺で都立学生のぎんじらは、本棚いっぱいに本を持っていた。『ビルマの竪琴』や『冒険ダン吉』の本なども あった。原語の『椿姫』もあって、アゲハも全部読んだ。ハーモニカもあった。何ていい音色だろう。ずっとのち、クロマティックハーモニカを買って毎日のように前奏とか間奏つきで吹いていた。

ラジオから聞こえるのは『東京都歌』。

あさみどり　すみたるそらに
とぶはとの　しろきつばさも
おのづから　平和のしるし
生産の　ちからにみちて
大東京　きょうもあけゆく

※東京都生活スポーツ局のサイトに歌詞が載っていました（東京都歌・市歌―東京都生活文化スポーツ局（tokyo.lg.jp））

本や新聞で読んでみな知っていることだが、世界恐慌での格差をみて反乱軍がクーデターを起こし、皇道派を中心に昭和維新をめざす未遂事件、めざした青年将校らが決起して、士官が兵を率いて大臣を殺害。この青年が立てこもった料亭の「幸楽」がうちのそばだったから近隣たちは忘れることができないのである。

永田町が近いし、戒厳令が出たから、近所の人達はみなとても緊迫した日々だった。まだ東京市の時。まだ赤坂区の時である。昭和11年2月26日、大雪が降った日の早朝のことであった。あの時分の都心部はちょっと違った風のただよった街。ささこはこの時身ごもっていて、しかも一ヶ月後に予定日を控えた「産み月」だった。

品川の方で時々、朝鮮人が30名くらい集まっては近くの建物に火をつける騒ぎを起こすと報じられたり聞いたりしたが、都心部は守りが良く、景観も良いので、近所の人々はみなここが好きだった。そしてずっと住んでいたかった。赤ちゃんの時、よくおんぶして散歩に行ってくれた桧町《ひのきちょう》神社が好きだった。なのに戦火に遭った。焼けなかったら売らなかったし、落ち着いたら戻ってきたかった。でもそんな余裕なんてとてもない、戦前から終戦までをここで体験し、荻窪へ行かざるを得ず、疎開から戻ってきたのだ。

アゲハはもう小学五年生になっていた。国際文通の宣伝と会員の募集のビラを校庭で配っている人がいたので、話を聞いて入会した。もともと手紙を書くのが好きであった。

今は、ハーフの人がモテている。でも当時は敵国の人の血を引くと、白い目で見られ「戦争の落とし子」と言っていた。そしてそれとは別に、パーマネントウエーブの髪をして、赤の口紅をつけ、フレアスカートにハイヒールをはき、ハンドバッグを持った女性がいて、人出の多い通りを歩いていく。静かで広々とした荻窪とは又雰囲気が違う街である。いろんな人が通る。

赤坂近辺

「パンパン」中学生がそ

国会議事堂

の人の後ろ姿に指をさす。米軍人の愛人達が住む家がある。ささこは通りがかりにその「パンパン」と言われている人を見て、黙って通り過ぎた。アゲハもささこにくっついていく。自分はならなかったけど、人はいろんな事情でそうなる場合もあることを知った。

死んだ人、生き残った人、世界中で戦争のむごさ、おろかさを先祖みんなが味わわされ、後の人達もそのことをよく分かっている。100年たとうが終わりではない永遠のつながり……。

アゲハは物心つく頃、毎日のように同じ夢を3年も4年も見てた。それは野球のベースみたいで、直進、左折、直進、左折をして現在地に戻るというものである。ただ、スタートしてゴールに着くだけのトコトコ歩く黄緑色の生き物を俯瞰している、それだけの単純な夢だった。今夜も見ようなんて思うわけもでもなく、床につくとすぐに寝てしまうが、目覚めた時はいつも、あ、あの夢を見てた、と思うのだった。12歳だった。

ラジオからだろうか、軍歌や歌謡曲が聞こえてくる。

——台湾の果ても樺太も
　互《かたみ》に思うちよろずの
　心の端《はし》をひとことに　さきくとばかり歌うなり——（2番）

『蛍の光4番』〈『新撰北海道小学唱歌　尋常三年用』（京文社、1933）〉
https://crd.ndl.go.jp/reference/detail?page=ref_view&id=1000140408
レファレンス協同データベース

①　1941年12月8日、日米開戦。太平洋戦争は1941年12月8日から沖縄戦が

終わった1945年9月7日迄。
②1942年4月18日。本土が初めて受けた初空襲。品川や新宿が被災。B25爆撃機で焼夷弾と爆弾を落とした。
③1944年11月24日。B29爆撃機325機で1700トンの焼夷弾を落としていった。
④1945年3月10日。東京大空襲。焼夷弾投下で東京・下町の大半が焼失。下町は火の海。9万5千人以上が犠牲に。
⑤1945年4月~5月。都心部が空襲。
⑥1945年8月15日。終戦。
ウーウーウ~~。ウーウーウ~~。

空襲警報のサイレンが盛んに鳴る。が、まだみんなは戦勝ムード。都心に敵機が来るなんて。みんな、平常心。まだ楽観して過ごしていた。

アゲハは戦争のことはあまり知らないのだが、アゲハらの2年や3年後に生まれたなら、もっと何も知らなかっただろう。アゲハには年長の親族が多くいたし、みんな旧山手《ヤマテ》通りの内側に住んでいたから、身近にいろいろなことが起き、知ることになったのである。戦争を語れる最後のぎりぎりの生まれである。でもパールハーバーやトラトラトラなどはずっと後になってから知った。もし親が亡くなってたら、たちまち戦争孤児。まるで違った運命になってただろう。

　復興は速かった。カブれているわけではないが、もう新物のボールペンを持ってる子が級で1人だけいた。アゲハは岩石の標本。じょうの書斎にメダルや羅針盤（磁石）、真ちゅうの文鎮、分厚い辞書（15センチ位の厚さで、まだ姓名に用いられない漢字や瘰癧《るいれき》とかいう字も載っていた）。そういうものにアゲハは興味を持った。七宝焼を習ったのも、銅も焼き方も好きだったから。ただ仕上げに電動ヤスリをかける時に粉末が飛ぶのがいやだった。あれを吸いこむと体にとても悪い。教室のエアコンはどうだっただろうか。特別にきれいな空気が出るわけでもなくて、時々、行かない日ができた。だから作品が未完成でいくつもたまってしまって、七宝焼工房をやりたいという思いも遠のいている。

防毒面て、うちにあったので、一度だけかぶったことがある。モスグリーンのゴム製で、頭からすっぽりかぶり顔にフィットする。火星人みたいといって面白そうにやってたから、あとでじょうはどこかへ隠したらしい。ゲートル、水筒、アルミニウムの弁当箱、そして防空頭巾も見た。アゲハらに一度だけ見せていつの間にか、そういう物は全部、置いとくのをやめたらしい。

ＰＴＡの役を頼まれ、控えめながら、ささこは受けてくれた。さっそく立正校正会の炊き出しの日、他の役員のみなさんと一緒にもんぺと割烹着姿で出かけていった。明日は、学校で白い粉末のＤＤＴを頭髪にかけられる日。これは毛ジラミ発生を防ぐため。次は虫下し。自分にはいないとみんな思っているが、葉野菜に回虫の卵がついているとの事なので、みんな、虫下しを飲む。そしたら太った白いミミズのような回虫が五匹もニュルニュルと出たのでびっくりした。

教員であるきんの家へ習字を習いに行く。トレーラーバスで青梅街道を10分位行くと着く。わさこの実家は戦後さびれてしまったが、教師は毎月の積立預金ができて、退職金や恩給が入り、厚生年金に加入でき、ローンの資格も取りやすく、家は持ち家である。一概に言えないが、わさこは教師に嫁いでよかった。ささこはこの時が一番貧乏な時。

明るくて活発な教師、世渡り上手なサラリーマン、常識があって付き合いの上手な商人、あかぬけない教師、しみったれたサラリーマン、スマートでない商人、それぞれであるが、きんは毎月の生計をきちんと立てている。わさこはよかった。立地が良く、広い家だったので、親戚の男子大学生が下宿もしていたし、書道教室をしていた。けど、わさこは頭痛持ちでいつも頭が重くて寝不足だったらしかった。いつかアゲハが用事で泊まった時、夜中に目が覚めた。煙を感じたので障子を開け、廊下のカーテンを開け、ガラス戸を開けて雨戸を開けかけたら、その音でわさこが起きてきた。それで煙、煙、火事、火事、と言ったら、きんも廊下に出てきて、「どうしたの?」というう。でもわさこが、「あ、煙?　お父さんの寝タバコよ」と平然と言っただけだったので、アゲハは驚いた。毎日よくもこの煙っぽい部屋で寝てられるもんだ、と思った。ずっと後で、わさこの頭痛の原因はこれだと思った。アゲハは子供の頃から空気にうるさい。

親族達とみなで、よくレジャーセンターの温泉に行った。いつ行っても満員で、入口を入るなり、トンコ節と東京音頭がじゃんじゃんかかっていて賑やかだった。まだ家庭風呂のない家が多かったので温泉や大浴場のある所へみな行くといってた。

お正月はみなが集まってすき焼をたべる。2階の座敷は4軒の大人と子供でいっぱいだ。アゲハは学校で6つの基礎食品を習ってから、肉もネギも玉ネギも大好きになる。

井の頭公園、豊島園、上野公園、新宿御苑、後楽園など、春夏秋冬、家族連れで行楽にいく。新宿御苑では大型の恐竜が設置され、ミニトレインがその横を走る。あれがとっても楽しかった。両国の花火や幕張海岸の潮干狩りも毎年行った。そこは船道だから潮が満ちてくると深くなるから、貝取りはもうおしまいといわれて、さっさと上がらせられる。潮干狩りも何も、本当に楽しかった。戦後、電動ミシンが1台残って、テーラードだった祖父は、シルクプリントのはぎれがあると、子供服を縫っていた。カネボウシルクで長袖のブラウスを縫う。佐藤様の所でテーラードになったのだが、仕事がきれいでフリルや飾り釦をあしらった子供の服を縫ってもらい親達もすごく喜んだ。どれもこれも着ないで掛けて飾っておきたいほど品のよい洋服であった。でも普段着がなくて困ってた時だ。通学や日常着に着せてもらっちゃう。子供は大喜び。いい物を身につけたとたん、無口もすっとんでった。

手編みのちょうちん袖のセーターが流行りだした。どこの親もみんな編んでいた。髪を横分けにしてゴムで結ぶのも流行り、もう、頭に白いリボンをつけたりもして、復興が進んでいた。

生家の住所は東京都になり港区になり○○丁目という番地になった。立ち上がったみんなの力、米国の力、みるみる復興して、日本株式会社、列島には太陽が昇って沈まない。輝く高度成長期、戦争で財を失い、損した人々が早く元のような生活になれるよう、どこもここも一所懸命に働いたから、成り上がりで突然の金持ちになった人がいようとも、品が少し欠けるだけで悪事をしてもないんだし、がんばった人々に太陽はさんさんとさした。

じょうにも太陽は人並みにさしてきた。でもとても戦前レベルには戻れてはいない。あの暮らしには戻れんだろう。

本屋さんの店頭にはコーティングした美しいカラーの表紙の少女雑誌がズラッと並んでいた。今、売られているのと同じようにきれいな雑誌であった。松島トモ子、近藤圭子、鰐淵晴子……。

チンドン屋さんの一行が通っていく。一行は4人位で、奇抜な着物を着て歌をうたって、チンチンドンドンチンドン、チンチンドンドンチンドンドン、と鳴らして歩いていくので、みな立ちどまって見物をして開店したお店で買物をした。

学校では休憩時間になると、後ろの席の人とちょっと話をする。今日はその子の母親がハト胸だと聞いた。えっ？　ハト胸ってどんな？　この子のお母さんって恐いと思った。5分の休憩時間が終わる。その話が途切れた。でも恐いという思いだけは残っていく。

七夕祭りだ。笹につけた短冊を、成棟田んぼの川に流しにいった。男子はエビガニをブリキのバケツいっぱいに捕り、おたまじゃくしの卵を女子らにみせる。蛙は大量にいた。ゲーゲー、ゲコゲコ、ゲーゲー、ゲーゲー、ゲコゲコ、ゲコゲコ、大音量で田や原っぱで鳴き通すのだった。

下目黒の家は好きだった。でも久地に越してしまって残念だ。

麻布中学を出て、師範学校を経て……けれども戦死してしまったいとこ達、また、都内で亡くなったとらおも、戦地から帰還したけど病死してしまったいとこも、もう居ない。しんこは本当にがっくりしただろう。インテリ主人と優秀だった子ら、もし亡くなってなければいい家庭を築けていただろうに、しんこも年とって最後は寂しく、そっと逝ってしまって、本当に悲しい。まだ役人、警察官、教師、の親族ばかりで女性も国務員など政治家がいた。だから何かにつけて良い相談相手の親族達が一人、二人と居なくなっていくのはじょうもとても悲しい。アゲハは知的なしんこが大好きだった。又従兄弟は自分の大事な存在だと分からない年齢だったから、しかたがない。だから親や親族から家の事をじかに言い聞かされて育つことはとても大事なのである。

戦争でどこの家も何かとメチャクチャになっている。しかし、どこかで必ず何か残されているものである。そして個人を知る人が口伝えで語り継いでいけば残っていく。

中学生になった。臨海学校に参加したい。じょうに言ったら、それ、有志だけの参加か、行きたい人の自由参加か、級で何人行くのか、と聞かれた。ドキッ。心の中でドキドキして行きたいからお願いします、と思っていたら、許可をくれたので、ほっとした。行ける。けど親友達は参加しない。でもいい。自分は行く。千葉県の岩井海岸も富浦海岸もどっちも行った。砂浜では基本の泳法をみっちり習い、キャンプファイヤーの夜を楽しんだ。元気で、成長できた気分になって帰ってきた。

アゲハは荻窪でしゅんじが大がかりな手術をしたのを知らなかった。しゅんじは痛みをともなう病気だった。子供の時からの何らかの原因で突然なったものと思う。当時は麻酔《アニシージア》の良いのがなくて、効きにくかったので痛がるので困ったという。頭の近くだから痛いのがこたえる。かわいそうだけれど、そばでみていて何かしてあげられないのがとても辛かった。

ささこからこの話を聞いたのは、ずっと後であるが、聞きながらアゲハは涙が出そうになって胸の痛い思いをした。七つ釦の詰襟を着て、編みあげの牛本革の短靴をはいていて、学生服の衿元が傷口にさわるだろうと思って、涙ぐみながら話を聞いていた。悪い箇所は切って除かないと増えていくという。1年して再発。あぁ、あの手術を又かと思うとがっくりした。口では言えない辛くて苦しいものを、本人もそばのみなも味わうことに。

そしたら、又また再々発。一体、最初の原因は何？　かかりつけだった東京病院（現　慈恵医大）、出産の時の聖路加国際病院、広尾の日本赤十字医療センター……この時はじめて通った駿河台の大学病院で手術することになった。そして、その時の手術を最後にやっとカラッと完治した。皮膚に手術跡が何ヶ所もあるが、もう大丈夫、何年も再発はなし。生きる力も自ずと湧き、自我のめざめる年にもなったのでどんどん回復し、動き回ってても何してもよくなった。でも20歳過ぎても衿元《えり》の包帯はまだしてる。傷跡を保護し、見られるのや見せるのがいやだったのだろう。離れと隣どうしにいる人なのに何も知らなかったアゲハは、ささこがポツリ、ポツリと話すのを聞いては泣きそうになった。たしかアゲハが20歳くらいの頃にしゅんじは衿の包帯をとったと思う。

そんなことがあってもこの家は何か温かいものが感じられて睦まじい。そして家中に平和が宿っていた。

ささこは煮物が上手で、椎茸や高野豆腐を煮たり、なまり節の煮付けをする。あんこうの甘露煮はみんな好きだった。あんこうはぬるりと脂がのっていて、とろとろした所は体が温まっていいのよ、といつもささこは言う。よしろうが来た時にあんこうを出すと、骨を残してあとは全部食べる。脂の所をきれいにすすって食べるので、食べたあとがきれいだった。あんこうはああして食べるの。子供は親達のちょっとしたしぐさやことばを聞きもらさない。

将棋盤と碁盤が床の間の前にいつも置いてあった。どこの家でも備えてあった。縁側では大人も子供も毎日のようにやっていた。アゲハらもはさみ将棋とか碁目並べをして遊んだが、論理的な思考力が養われて頭の体操に良いといわれていたので、大人ともやった。分厚い盤とげんこつみたいな足が好きで、陽当たりのよい廊下にどっこいしょといって持っていく。そして駒を並べる。誰に教わるでもなく、女子でもみな、やっていた。ちがい棚には百人一首の箱が置いてあった。坊主めくりしようよ、と言って遊ぶ。上の句と下の句を覚えるのが勉強になった。段付の姫がでると喜び、坊主やせみ丸がでるとがっかりして、思いの外、楽しいカルタ遊びである。そしたらいつの間にかあのげんこつ足の分厚い盤がなくなって、半折れする折りたたみ式の盤になっているのに気がついてがっかり。疎開先まで持ってった大事なものをどうしたのだろう。お父さん、私、あの盤ほしかったわ。あれをもらって自分の家の床の間に一生置いておきたかった。40歳を過ぎた頃、そう思った。

縁側でささこは季節物の入れかえと手入れをしていた。タヌキ毛のブラシで衿、袖口、ポケットの中を拭い、さらしの布にベンジンをつけて、軽くふきとったりしてる。アゲハはそばで見ているだけだが、今度着る時、気持ちよさそうだ。洋服ダンスに洋服を年中吊りっ放しもいいが、今のようにポリエステルでない物は、せめて夏2、3ヶ月でもいいから、防虫剤とか匂い袋など入れて、スーツケースにしまいたい。

誰にでもあると思うが、55歳過ぎた頃の老けて心が面白くない時期、30歳過ぎた頃でも人は一時、人生に疲れるようだ。眼もかすんだり手先も不器用になったりし早く年金を受け取れる年になって気を開放したいのである。又、60歳過ぎると老いた人に不親切になっていく。自分の体が老いていくのが嫌で、それより老いた大きな大人にむしゃくしゃしてしまうのだ。あれほど年配の人を大事にして敬まってきた人でさえ、そっけなくなっていく。だんだんそうなっていくらしいヨー。

祖父母達が国分寺に引っ越した。こういちは銀座まで通勤が少し遠くなり、拘束時間が長くなるので疲れるし、お酒の量が増えていった。なので体調を崩してしまい、60歳で亡くなってしまった。人柄はとても良くやさしい人だった。桃は賢母だったから、子らの進学、就職、結婚をしっかりと支えたとてもいい家族だった。人にもよく相談するし、みなお互いの言うことをよく聞く。意に沿わない事にたやすく振り向かない。ためになる方のことを消してしまうようなこともしない。

お寺で法事があり、みなが集まった。

両国のしろが引っ越しをした。よしろうは戦地から帰ってのち、しろと結婚。戦争に行った人達はみんな戦地で身の詰まるような恐怖の体験をしている。帰ってきて結婚して2人で幸せだったと思うが、子供がいないのが寂しかったのだろう。私達家族と一緒に遊園地や潮干狩りに一緒に行って、よく子供達の世話もしてくれた。

ささこのいとこが親戚に出向いては、家族写真を撮ってくれた。感性の優れた写真家である。いつも凹凸でネームの入ったフレームをつけてくれて、肖像写真など撮ってくれた。話題も豊富な人で、来た時はいつも食べて飲んで、遠慮のない気さくな芸術家であり、話好きないとこ伯父。小鉢によそったいんげんのごま（黒ごま）あえやさといもの煮物、豆腐の白あえなど食べて幸せそうな顔をして飲んでいたのを覚えているが、いつの間にか引っ越してしまった。

数百年前から都心にみんな住んでいたけど、地震や戦争であちこちに行ってしまった。そしてだんだん疎遠になっていくが、芸術家の家族がもう1軒あって、祖母達は法事や祝事の時には行き来をしていた。でも普段は身内の人でも出入り禁止の家だった。夫婦ともに大事な仕事を持っていたから、妨げにならないようにである。それでいい。しっかりしてる。アゲハは合う、と思った。「行事以外の出入りの禁止」この強い言葉はハッとさせるが、優しい人柄で楽しそうな家だったから、みんなもちゃんと理解をしていた。一般の人がまだ、たやすく行けなかった時代だったが欧米へ旅をしたり、留学も果たしていた。

青山の家へ法事で行った時、柱に坊ちゃまが、半巾帯でくくられているのよ。来客が多いからよちよち歩いていたらいけないからよ。かわいくってとてもおとなしくしているので、まあ、こんにちわっていって、お手てをとって笑ってしまう。

あの家はね、ちょっとよそと違った楽しい家庭だった。留学中、金銭の不足があれば、すぐに言ってきなさい。がまんしたり貧困学生でとどまっていなさんな。自分より上の世界へ堂々と入っていきなさい。今、親に世話になってもかまわない。やってあげられる。ただ誠実にありがとうと思えばいい、って言ったのよ。ちょっと異色、でも人柄のとてもいい親族だった。子供の頃から祖母がささこに話しているのをいつもアゲハは聞いていた。

森ケ崎の家も非凡な家系で、祖父母はものすごく厳格な人だった。起業家でもある。洲本の料理会館はとても盛大だったが、江戸時代にはみな都心に住むようになって、親戚の付き合いがだんだん遠のいてしまってる。宣教師などのアジア征服や、交易侵略が盛んになり、国際化してくると、顔姿も日本離れした人があちこちいるようになって、それでかどうか、洲本も親族がみなちょっときれいな顔立ちをしている。

ある日ささこのいとこが来て、先日、小売店を開いたという。すました紳士なんだけど、商売はいやではないといっていた。のちに英国へ行った時に見かけた薬、化粧品の小売りチェーンのブーツのようなお店だった。

　ささこは子供の時から森ケ崎にいて、しきたりや躾を厳しく教えられたが格別に大事にされていた。事情でできの良い親以外のできの良い身内に育てられることは、家族べったりのすっぴん暮らしよりも行儀よくなって大人度が高まる。いい。もじもじしてないでパチッと物を言うが躾は上手で思いやりがあって、好かれる家であった。いいな行こ行こ。

　見合い話がくるようになり親も慌てだした。アゲハはしばらくさんぺいの家で暮らす。昔風に言うならば〝お行儀見習い〟である。さんぺいはハイカラ脳。息子さん達はおっとり坊ちゃん。みんないい人生、送っていけるようにね、という。

　いとこ達は年齢がアゲハよりずっと上である。分別があってマナーがいい。世界というものをよく知っている、常識人の大《ウエルシー》家《ファミリー》の令息、令嬢である。おっとりもしてるが、きびきびともしている。世間によくある持てる人特有の目線、蔑《さげす》みは、なし。りくとささこも信頼がおける、年の差のある義姉妹というかいとこどうしであった。

アゲハは毎日、りくと銀座へいき、夕方に帰ってくる。甲斐ある日々だった。りくは受け答えとか、あるいはすべきことがあれば、ちゅうちょしない。でも威勢が良すぎたり、力みすぎや尻ごみしすぎあわてんぼうの雑を嫌う人である。アゲハもそういうの嫌い。しない。

生まれてくる巡り合わせによって、どこでも1人くらいダメ人間がいるとか、でも20年とか60年の周期で異才が現れるともいわれている。結婚で家族に他人が交ざって、どう変わっていくか、問題だ。

りくは政治脳。厳しいのにみんなに好かれている。自分の娘が根性のよくない態度をとった時、りくは人の居ない所で、ただ一度、娘をこっぴどく注意して戒めたという。うちはそんな意地のよくないことをする子に育てていない。まだ身内にしか目がいかない年頃の娘は羨望はなくとも心の乱れるいろんな感情の現れる年頃なので、今に自分が家庭を持つようになれば、そちらに気が向くわ。みんないい子供達。それ以外はいつも人の前でものすごく褒めた。持ちつ持たれつの事ばかりなのでみんなが大事、自分の周りは何につけても商いとか利益とかいう俗っぽいつなぎあいのあるお互い様なのだ。なったからには助け合って幸せをつかむ方がおトク。

あらっ。おばちゃまこんにちわ。

ハスキーだが、がっちり声でないキラッとしたあいさつが飛んでくる。

ささこは手にクリームをぬりながら話をする。アゲハはうちにいる時は、そういう戦中、戦前のささこの話をいつも聞いていた。

ささちゃんだから話すけどね、今夜、逢うというのを秘かに聞いたので、黙ってそっとさんぺいの後をつけたのよ。そしたら、ああ、やっぱり本当だったんだ。男でも女でもこればっかりはしかたない。自分に落ち度はないけれど、主人もきちんと仕事をしているし、家庭の幸福はちゃんと守っているのよね。しゃくなんだけどおとがめができない。そして、おっとりとした娘さんがいる。アゲハと同年だった。近くなのでアゲハといつも行き来していた。りくは家付きの令嬢、主人は養子に来た人。結婚して銀座の経営に就いた行動派のご養子さんである。でも大学を出てから銀行に勤めていた平凡なスタートだった。しっかり経営していく人になるだろう。ああ浮気の1つぐらいは本当にしかたないけどそれなら隠れてもらわないことにする。みんなにきちんと紹介をして受け入れてもらったのである。

一方、じょうは、といえば、まだ見通しが立たず、出費ばかり続いてあせっている。デパートも歌舞伎座もテリトリーがある。さんぺいの会社へ入るのでなく、ささこの実家の会社に入るのでもなく、自身の会社の再建に奔走していた。戦前のなごり、伊勢丹の記念品の大きなアルバムを見て途方に暮れた。十五銀行は自分に合ってた勤めだったから、なくなった時は本当に残念だった。時の財閥解体などで四財系銀行は大手行に吸収合併。ずっと勤めていられたならどんなによかったことか。でも新しい日本へと世は向かってこの新旧のあいだいくその光と影、誰もが職がなくなったり職が出来たりして大変である。一時のガマンのりこえて前へ……。親族は教育者も多く行員が多かったので、じょうは又、他行の行員となって勤め出し、先々のことを親族に相談しながら過ごしていた。この頃、人生の一生の値段を計算するのがはやっていた。サラリーマンは一生の値段が計算できていくらという金額が分かる。でも自分で事業をやれば、やりがいによって驚くほどリッチになれる。そういう可能性を試してはどうか、そんな言葉が世間で聞かれていた時である。信じなくても自由であるが、誰もが必ずという保証はない。自分の責任で、一握りだけの成功者に入っていけるか、事

十五銀行時代。上の写真、じょうは後列左から２番目

業者になるのが好きか、それを考えている暇なんかないんだ。周りのみんなは多分、辞めないで銀行にとどまって、と言っただろう。でも銀行をやめて、淀橋のささこの実家で体験をする結論をだしてしまった。うかつに何でも飛びつかない家系の人なのに、思いきってしまったのである。

彼は頭がよく、覚えが速い、正確だし仕事ができる、上に立つ人間になるだろう。みんなに気にとめられて、自分の会社を作りささこと結婚をするに至る。そして水天宮の新居から赤坂へ通っていた。

さんぺいも祖父母の気にとまって、りくと結婚をした人。兄弟が同じようなケースになったけど、性格は違ってた。どちらも運気の良い人であるが、震災に空襲と、2度も焼失したのは淀橋の家。同じく2度の被害に遭いながらも財産全てがなくならなかったのは銀座。家屋や人に合ったことをしていないのかどうかは分からない。

そして、ささこはといえば、生まれつき食に苦労せず、今もいい物を食べていられる暮らしに、内心は喜んでいたと思う。じょうは、といえば、とりあえず、家族が食べていける道筋がついて、やれやれ、というだけの今。

親族達のあっちもこっちもまだこの時は力のあった時。みんな力強くいい方向に進んでいってとにかくよかったと思っている。運命がみんな違い、顔かたちもみな違うように、合う、合わない、や、同舟異夢というのもあるが、とにかくみな乗り越えられた。

先祖の生きた時代も大変だったんだ。城勤めが廃業となれば、どうする。浪人でない生きる道の険しさ。呉服屋をやった。米屋をやった。士族らの商法は貸し倒れなんかあって商売人に向かない。別子銅山が開かれた。思いきってあたってみて、第一期入りが決まり、勤め探しが果たせた時は本当にほっとしただろう。

戦後復興期を京都で過ごす

戦火に遭い、家と家財を失った後のじょうは先祖と同様、大変であった。兄達は、ああしたらどうか、こうしたらどうかと親身になって意見をさし出してくれる。じょうはひたすら悩み、悩んだ末に一大決心をしたのである。あーあ、決心をしちゃった。京都行きである。2年で軌道にのせて、家族を京都に招《よ》ぶ。子供はまだ親についていかねばならない年、ずっと後にみんなが後悔した。子供がどの地に合うか、合わないか、3年後だったら、我が家の歴史は変わっていたかもしれない。ずっと後、伯父、伯母達の基盤ある東京へ戻らなかった人達は、1人ずつしか居ない叔父さん、叔母さん派になりながら、あっち暮らし。そこが自分に合っているかどうか聞いていないから分からないけど、どっちもいい。

引っ越しは案外と難しい問題だ。売ったり買ったり、縁、ゆかりのない所、知らない所に行って、そこに合う場合は良かったが、そうでなかった時は手遅れだ。20年もたってから分かって、結局、戻るとか、遠いよそへ行ったり海外など行ったり、自分の人生や子供の将来を違えてしまう人もいる。みな自分のお家の成り立ちを知り、重んじる。子供の頃から必要と思える躾をしながら育てる。若い時は風潮に染まり易く楽しいことにひたりたい人の均一社会になると困るもの。富む人、貧しい人、弱い人、愚かな人、きちんとわきまえのある人、いろいろ、交って学びや悟りや後悔などを経験して強い個人になるんだ。

マイホームは後回し、先ずは仕事という人とその反対の人。アゲハは家が先、仕事は次。先ずは持ち家でなくてもいい。安定した気持ちがあって、ちゃんとした住まう所があるという身分によって質の良い仕事を探して勤める人。やたらに居住地を変えない。好ましい立地の家を探しあてて長く住まう。海外からの郵便も何年たってもちゃんと届く家一軒、安易に手放さない。良い所を探し続けて引っ越すのはかまわない。20歳も過ぎたら子供ってそんなことまで考える。自分に悪が寄り付かない。自然に自分を守っている。

養子に出た人達だって、養子先にたまたまピタッと合ったから良くいってるが、まだ世間に劣らぬ威厳が親達にあって、見えない応援もあったから。

じょうは経営の立場に適人だった。親譲りの達筆、事務能力に長《た》けていた。経理が出来、何かと慎重にして運び、軌道に乗せていく。

中野や府中のいとこ達が遊びに来て泊まっていくのが、お互いとても嬉しかった。

「いいわねぇ、おばさんち」って言う。

そうお？　いろいろ用事が多くて毎日忙しくて大変。流行りのにわか金持ちでないでしょ、だからぱあっと財が出来ていくわけではないの。

本当はサラリーマンのほうがいいな。定収入という安定感。病気をしたり、すごいミスさえしなければ、とても楽ちん、大きな商売、そして社長という肩書があっても、毎週、毎月、心労がいっぱい。貯金ができて、住宅ローンが組めて、家を買い、厚生年金と企業年金に加入できて、老後の年金額は国民年金の人より多いの、分かる？

個人で会社を興したい？　商売したい？　退職金もボーナスも少ないわよ。どっちの道を行っても親の遺産はいつか入ってくるけれど、普通に勤まる人ならば企業の社員だワ。そこそこのランチ食べられて、休日は自由に過ごす、旅行にいく暇をとれる。気持ちの窮屈さがなくて人間らしく生きていられる。でもその反対もある。人に使われる立場がいやな時。デスクワークなんか嫌い。個人で事業主の方がいい。特技だ。特技を持つ。免許を持つ。免許と特技でがんばれ。芸能あればそれを活かすのもよい。アゲハの知人の妹さんは全米で№1のタイピストだ。タイプが速くて、あれで一生、仕事に困らない。何だっていいや。収入の喜び。怒らず働く。年をとったら収入の足しが欲しいのに、労災問題などでなかなか親切心だけでは雇ってもらえない。老後はお金がいる。老後破算してしまう人、とてもみじめだ。身体の自由のきくうちにしっかり金銭の確保をしとく。50歳からが長いんだ。住む家、庭に2軒のアパートがある家を1つ買っておく。旅行で留守をしても収入のある家。あとは食べる物、これで充分と本当に思える用意が必要。子供の時から始まっている長い老後の格差。学校だけに任せられぬ。勝手に1人で走らないで、家族は話し合ったり、意見を聞いたりして、おトクな子供になる。年とってから悔いて泣かない。

定年後、かんじは郷里で老後計画をたてて、郷土史や先祖が携わった歴史を調べ直すに専念することに。郷里も戦争の傷跡が見られ、街に進駐軍が来て消毒液をかけていくのを見た。長いノズルのついたブリキの大きなじょうろで勢いよくシャーシャーかけていた。米国という国の力はてきぱきとして物事をさっさと片づけていき、すごいと思った。

古いビルを買ったのだが、何に使おうかとても悩む。用途はあったが改装の費用がすごい。かんじは商売に向いていない。商売は嫌いというより、出来ないし下手だ。書き物をして、街のためになることを考えていく人。

銀行員時代の後輩達が来ては、何かやりましょう。何かやらせてほしいです、と頼みこむ。それならやってみようか、で始まった。じょうは呼ばれて、指導をしながら、次に自分のことを考えていった。軌道にのせなくては大変、みなは一所懸命だった。ミーティングで意見を出し合い、次々と進行させる。活気づいてきた。何をやっても繁盛した。かんじは現場の視察はするが、執筆や郷土史の研究を進めるために時間を費やせて、これはみんなにとっても良かった。上馬の一家も引っ越してきた、時々手伝いをする。あーあ、来なけりゃよかったのに。上馬にいてほしかったのに——。

じょうは自分の会社を作った。東京人が関西に進出するのは難しいと世間では言われている。でも走り出してしまった。やらなければ。今にいずれ子孫達が東京に戻っていけるだろう。子らの代が末長く行う仕事、とは思っていない。戦後のやむなく、子供が成人するまでがんばるが、あとは人に託《まか》すか、譲ることになろう。東京に戻るつもりがある。が、やってる間は真剣だし、よい会社にしたい。折しも高度成長期で、列島に太陽が昇って沈まない、という景気が上向きの時だった。土1升、金1升の地に縁もあった。事務所には来客が多く、世間は、日米親善の重要さを唱えてもいた。難しい商取引を和らげる手段は民間人の力も必要であり、まだ対米感情が悪くて、経済交流がうまくいってない。欧州などでもまだ英語力の貧しい人だらけ。日本人はルックスの良い外国人にペラペラと来られたら、冷や汗がでて、もじもじ、たじたじだった。どうしてもまだこちらのペースに引き入れて、対等に商談し合う時代ではなかった。だから、こちらの主張や取引のかけ引きを押す力が負けてしまう。自分は英語ができる、対面恐怖はない、と言えない、まだ後進国の時代だった。誠実で頭の良いみんなが契約の不利やら、不成立で損をするのは惜しい。民間の力や小さな行いは国の大きな利益につながる。

一億総活躍。国も企業も何も苦肉の策でいろんなことを提唱した時だった。チエがある、勘がよい、コツがあり、覚えの速いみんなは、何回も何回も何年も何年もかかりはしても、上達にこぎつけていった先人達、立派だ。

京都市立の北野中学校に転校した。16クラスもあって、どの級も生徒が55名くらいいた。有名な所も何も、知らずにいつも仁和寺や北野天神を通っていた。

壷内の家は奥行きの長い平屋である。市の中心に事務所や店舗、隣も同様にかまえていてお互いに家族の人柄が良いのが何よりであった。

野外写生会があってお寺の境内で描いた絵が教室の壁にはりだされて嬉しかったが、他の成績はガタッと落ちてしまった。こっちの方が進んでいるのかどうか、分からない。級に朝鮮人男子が1人いた。初めて見る朝鮮人だったが、優しい印象で、人柄がとてもよかった。席が離れていたので話はしていないが、他の級にも居るという。世間では、朝鮮人はニンニク臭の息をするといって横を向く人が多かった。欧米人は日本人がめざしなどの焼魚を食べる口の臭いを嫌っていたらしい。ニンニク臭は鼻、めざしの焼魚臭は歯のあいだ。確かに嫌な臭いである。ニンニクはガソリン臭いというか、なまり臭さがプン、とする。鼻の穴から出てくる臭い。

まだ観光バスやタクシーに乗ったら、一酸化炭素中毒で頭が重くなり、乗物酔いする人が多かった安いガソリンでハイオクでなかった時である。あの頃のそういう乗物に乗った時の臭いに似ていたが、級の男子はそういうのを感じなかったと思う。ニンニクは高いけど栄養があって体にいいので今なんか誰もが食べたい食品だ。だからどんどん改良されて料理にみんなが使っている。臭わないものも出来たし、ガムや牛乳で臭いを消す。京都は北は日本海。ばく然と地図を見てたから、細かいことが分かっていない。これからはもっとていねいに地図を見るようにしよう。船で日本海を通って物資の積み下ろしもしてるようだし、人の交流も大昔から行われていたという大事な隣国がこんなに近かったという事をつくづく感じた。

物心つく頃に転校や、引っ越しばかり。アゲハは発見や相違づくしだった。

初めての京都弁は「おばちゃん、おおきに」だった。お菓子をあげたお礼だった。

優しいお坊ちゃんで、山の手育ちの坊ちゃん、嬢ちゃんとも違う、とっても気の良い坊やだった。

モノクロＴＶを買ったので見においない、とお隣から声がかかった。それで力道山のプロレスの日は隣の家は満員になる。とび交うヤジと反則の数々に、見ていてハラハラして、つい声まで出てしまう。あれは本当に面白かった。

京都っ子達は、カラッとしていて、にこにこしていて、とても親しみがある。

明日な、嵐山に泳ぎに行くねん。あんたとこもきいひんか。キミちゃんが誘ってくれる。嵐山鉄道の花園駅まで歩くんえ。ほんで嵐山駅で降りてな、渡月橋のちょっと右で泳ぐんや。冷たくて深くて、観光の渡し船も時々通っていくので危ないんやけど、その手前で泳ぐんやね。ほな、みんな行くし、行こな。

なのでみんなと一緒に行ったら楽しくて楽しくて、次の週は中野のいとこが来てたので、いとこも一緒に行った。そして川べりではメダカ捕りをした。手ぬぐいのこっちとあっちを２人で持ち合ってそっと引いてきてさっとすくい上げる。やっ、２匹とれてる。もう1回捕ろう、あ、逃げられた。じゃもう1回、といって5匹くらいとれたら、持ち帰って飼う。川に沿った水路で流されるのもやった。100メートル位の長さで1メートル位の幅の急流の水路である。1度やったらもうやめられない面白さ。深さは子供の胸くらい。カエルと同じ恰好をしているだけで浮いて、勝手に流されていく。こっちの端から100メートル先の鉄策までみるまに流されるので、柵をはい上ってこっちまで走って戻ってきて、こっちの端から入っては又流される。わあ、ゆかい、あと1回、これで終わるから待ってて。まあ5回以上くり返した。あれは間違いなく楽しかった。

次の日曜な、うちのお母ちゃんも行く言うてんねん。

かまへんわな。

な、ほな行こな。

いつもそうして誘ってくれて本当に嬉しかった。ある日曜日の駅へ行く途中で、アゲハが蜂に刺された。ひざの裏側で見えないのだが、何しろ痛くて、筋がパキンと切れたと思った。子供だから処置の仕方もまだ分かっていない。小走りでみなに追いつきながら無意識にはれを指でつまんで、はれてる中に何か入ったものを絞り出そうと思って、タテにつまんで絞り出し、横につまんで絞り出し、なぜか、ツバをペタペタつけた。他につけるものがなかったから、ツバを何べんも何べんもつけた。でも痛い。今からみんなで遊びに行くという時に、もし行けなくなったら、みなしらけてしまう。つまらないと言われたくない。言っちゃえばいいのにこらえてしまい、アゲハは普通を装った。もしじょうがいたら、多分、叱られる。早く処置を施して、体に悪い物を残さないようにしないと、後遺症が出たらどうする。子供なら子供らしく、何かあった時はそばにいる大人にすぐ言うべき、という事を学んだ。それが完治して悪い所が残らなかったから、よかったァ。

夜は盆踊りがあるんえ。行ってみいひんか。と誘いがきた。円町の近くだったと思う。これは地蔵盆といって毎年行われている盆踊りだった。ゆかたを着た大人や子供が夜遅くまで汗びっしょりかいて踊っている。お富さんと、炭坑節が交互に大音響で流れてくる。「さぞやお月様、煙たかろ。あ、チェレレッチノパッパ、チェレレッチノパッパ、月が出た出た　月が出た　ヨイヨイ」終わったらすぐ次のがかかる　粋な黒べいみこしの松に――。

そしてちょいと東京音頭　よいよいなんかもかかったり――。やっぱり楽しい。トイレなんか行ったり、休憩なんかしてたら興ざめしてしまう。祭りには参加しちゃお。踊るお嬢ちゃん達、景気のよいこと大好きだった。もう京都は楽しくて、夏休みも夢のような毎日だった。

でもまだ12歳、しっかりした子は9時か遅くても10時には切りトげて帰宅する。アゲハはといえば、11時過ぎているのにまだ踊っていたかった。しっかりしたおりこうな子でないと思った。なぜなら、1時間余分に踊って楽しんだとしても、プラスになることが何かある？　余分に汗かいて、余分にゆかた汚して、余分に体を疲れさせて、それで筋肉が増したわけでもない。さっさと帰ってお風呂に入って汗を流し、さっさと寝る子の方がスマートじゃないの。欲望をコントロールできる方がいい。がまんせずトイレに行く、水も飲む、汗を拭く、それでもし興ざめしちゃったら、そこでおしまいにしてしまう。それの方がぜったいいいワ。アゲハはそういう事を学んだ。

町内の運動会も誘ってくれた。お宅からは400メートルメドレーリレーに1人出て下さい、という。アゲハは選手の試合と違うので、出てみることにした。特に練習をしていない。ふだんの運動靴をはいていく。そしたらみんなの走りっぷりがすごいのでびっくりした。みんなが見ている。抜かされたら困る。真剣になって走った。でも、間に合わせの靴が足に合っていない。何度か脱げそうになるが、抜かされちまったと言われるの嫌だから、せめて差を縮められないまま次の人にバトンタッチしたい。全力で本気で最初と同じ距離を保ってゴールした。ハア……。

軽い気持ちで参加してしまったのだが、参加したことによって、あれほどの真剣さを学ぶことができた。まだみんなあどけない子供っぽさが抜けていないのに、何かする時は本気でやるのだ、と思った。5キロ走る強行遠足や運動会のお遊戯の練習も好きだった。お天気がよくて日射病になる子もいる（今は熱中症といってる）。ひだがたっぷりのブルマー姿が好きだった。体育は体格や体力が普通であっても、普通でなくても好きな人は好き、体格がよくて丈夫でも嫌いな人は嫌い。

京都人は見栄っ張りだと聞いていたが、どこも同じだと思う。でもみんなこぎれいな恰好をしていて、シャーベットカラーの半袖セーターは京都でもみんなが着ていた。

そんなある日、家にドロボーが入った。でも、ちょうど伏見から帰ってきたじょうと物盗りのドロボーじいさんが玄関で鉢合わせしたという。それを近所の人が通報してくれたので、ドロボーは捕まえることができた。翌日、新聞に載った。5センチ位の小さな記事だったが「帰宅の会社重役、老盗とバッタリ」という見出しで。だからずっと記事を切り抜いて置いといた。昭和28年頃だったが、まだ当時は必要最小限の衣類しかなかった時なので、小物や脱脂綿の大袋なんか、そういった物まで盗っていくのかと、みな驚いた。予期せぬことでじょうはとんだ忙しさだったが、捕まってよかった。

京都に来てからいろんな話を聞いた。人はみな体内に宿便というのを持っているという。成人の体になる前にその宿便が出るらしいが、個人差があって、吹き出物やものもらいというのもそうらしい。悪い物が全部出るのだという。

次は文化祭である。劇に出演する人は、みんな演者揃いで、練習熱心だから上手である。これは中学生の演劇か、と思うほど上出来であった。アゲハは浦島太郎の英語劇で乙姫役をしたことがあるが、それは各級ごとにする劇だったから、文化祭の舞台とは比べものにならない易しいものだった。
夜、そろばん塾に通う。20名位いたが、教室というのは川岸にある家の2階の部屋だった。休憩時間には先生の幽霊の話が定番で、昔の罪人の打首や川原でさらされた時の話をいかにも恐ろしそうに語るのである。柳がゆれ、近くは静かな寺だらけ。

処《ところ》は京都の川のはた、時はうしみつ時になり、
草木も眠る暗い道、柳の枝にすれて通れば、
何やら背中を引っ張る気配、ゾッとするもの後ろに感じ、
ややや〜っ　こよいも出たかあの幽霊、足がすくんで走れない。
更にも背中ひやりと感じ　ヒタッ　ヒタッ　ヒタッ　ヒタッ
ヒタ　ヒタ　ヒタ　ヒタ　近づく足音、ヒタッとやんで、
首筋つかんで引き回す？　あっあー恐ぃ。
恐い　恐い　恐い　恐い　背中がこわいぃ〜〜
後ろ向けないぃ〜　助けてえ〜〜〜〜

た、す、け、て、下されぇ〜〜〜〜〜〜〜。

ジャ　ジャン　ジャン　ジャン　ジャン

ジャン　ジャン　ジャーン〜〜。　ぱん！　ぱん！

ぱん！　と机をたたいて　ぱっと電気をつけた。

幽霊は消えました。そろばんの続きを始めます。

さっきまで熱演していた先生は、すまして授業に入っていく。休憩時間はいつもそんな感じ。苦手だったそろばんが好きになってしまうのだった。

じょうの五つ玉のそろばんをパチパチとはじく音を聞いて、特技があるのっていいなと思っていたから、本当はそろばんは好きでなかったけど、自分も早く上達しようと思った。

じょうがお札を扇型に広げてスッスッスッと数えている姿を見た時も、あんなのやりたいと思ったことがある。でも子供の前でじょうが札束を数えたり、広げたりするのを見せたのはその一度だけ。あれは誰かのお祝い事の費用の用意をしていた時だと思う。

もうじき祇園祭りだ。見物しに来たら、というので行ってみたら賑やかでものすごい人出であった。何でもよく売れていた。ふとアゲハの前にお客が立つのでドキッとしたが、いらっしゃいませが言えない。恥ずかしかった。お手伝いのつもりをしなきゃ、邪魔にならないように立ってなくちゃ、ありがとうございました、くらい言わなくちゃと思っていたら、大人達がみんなでカバーしてくれる。みんな昔は昔、今は今、背広を脱いで白衣を着て、笑顔で立ち仕事をしている。ここで仕事がある、働かせてもらえるのは幸せだ、それに感謝してる、という姿であった。京滋にいる身内達も、いずれ江戸には戻るだろうが、今はこの幸せに感謝している姿だった。ここまでは良かった。この後だ、だんだん引っ越しの副作用がでて、子供の行く末にいろいろと思いが違ってくる……。子らはこの事業を継がなくてもいいが継ぐのもいいので先ずスタートは良く、今はしっかりやっていく。

事務所はデパートさんの閉店時間に合わせて終えるので、晩ごはんもゆっくり食べられてきまりよかった。小鯛の頭のスープ、穴子の肝の煮付や魚卵の煮付、あわびの肝などしょっちゅう食べた。体に良いとか目に良いと聞くと喜んでたべた。墓参りや法事、お寺、先祖など、なぜか大好きで喜んで行く。みんなに会えて嬉しい。アゲハはあっちに戻れば戻ったで、こっちに戻ったら戻ったで、あんないい家庭、こんないい家庭、どちらも去り難い、親が3人いるみたい。気を引き寄せられる月日を送っていた。

又従兄弟が大学在籍中、居ることになった年の夏はみなで別荘で過ごすことになった。毎年、2ヶ月間、借りきっている長野県のホテルである。掃除も食事の支度もしない。別荘は買わない。借りるもの。家事なんか何もしない。いきなりバカンス遊んでくつろぐ。都心の裕福な人達は昔はみんなそうであった。避暑地での別荘生活をみんなで一緒に晴ればれと過ごした。

街では名画が次々と上映されるようになり、百年忘れられない往年の大スター達と名作の数々は本当に素晴らしかった。この景気、百年続くと思わぬよう人々は心の中でちゃんといましめながらあやかっていた。そして20年、やっぱり分かってきた現実。子には学問を身につけさせておかなくちゃ。健康によい住居1つ買っておかなくちゃ。

景気に浮かれながらもやるべきことはそういう2つか3つ。でも今の忙しさ、それはまだ後回し。

　夏期、年末は、よそ並みに忙しい。重役さんのお住まい、高級住宅地へささこは一日に3軒訪問する予定で運転手と打ち合わせをしていた。全国多方面でのお付き合いと、時の先端を行ってる少々の優越感と流行に乗れることで、いいことばかり続いた。親族らの学校友達や知人は重役さんになってる人もいた。特別招待、展示会、研彩会、催事、屋上の園芸やペット、美術品と宝飾品、家具、寝具、和洋品、小物、雑貨、食品、贈答品、食堂、その他、いろいろな売場があって、新年会とか、又、相撲も観に行く。

　先祖の仏前には供え物を欠かさない。過去帳を見る。浄土宗。命日、盆、彼岸にはお寺から住職が見えて経をあげる。長いお付き合いあるお寺さんで、お寺さんの話をされることをいつもそばで聞いていた。

　思ったほど難しい風俗習慣もなく、人々が親切で優しかったので、先ずは良かった。札幌、銀座、博多など、大手デパートに進出している家業の人が多かったので、老舗という肩書きを背負っていても、みんな気さくでいい人ばかりだった。

どこの家でもみんな家訓《ファミリークリード》を持ち、黙っていてもお家の守りをちゃんとされている。言い伝えや書き残された物によって次へ又次へと送られていく。消したり途絶える理由もなく、どの家でもそこに生まれたからにはそこに関係するのだ。へまな人生なんかやったら、後世の人達が笑う。あの代の○○さんはのらくらとさえない人生を送ったとかいって、世間が批判する。そりゃしかたがない。ボロは近い人から出る。日頃の暮らしに気をつけよう。人望があって尊敬されて、ちょっといい事を後世に送っていきたいね。

じょうはやっと一段落つけた。しゅんじを招び寄せ、先の見通しもついた。人生の途中で何か重大な困り事ができるとすれば、それは経営の立場にある人だけとか、雇われる人だけに起こるんじゃないから、みんな大変なんだ。ああ、今、本当に良かった。

アゲハは血圧も何もかも正常なんだが、拘束されている時、眠くて眠くてたまらないといった悩みがある。アゲハの唯一の悩みだ。空に向かってワッと叫びたい思いだ。

一人で自由な時はあんなに輝いているのに、自分は飽食家庭の栄養失調者か。毎日、ごちそうがいっぱいあるのに、忙しくなんかちっともないのに不規則ばかりする。栄養を摂ったら体に上手く回さなければいけない。水を飲む。食後の30分間はリラックスする。お稽古に間に合わないから、帰ってきてから半分食べるのをやめた。

引っ越しで風土の違う所へ行ったからといっても、自分の体なんだから上手く対応していかないと今に、勤めに出る年になった時に困ると思う。何しろ朝起きるのが難しくなった。学校はいつもぎりぎりである。ささこは結婚すると体質が変わるという。丈夫だった人が弱くなる場合もある。弱かった人でも結婚してから丈夫になり、子育てを元気にやれてる人もいる。また生殖器は別物。弱体の人でも性能はちゃんと備わって性欲も芽生えてくる。アゲハの体質はこの地に合わない、しばしばそう思う。

好景気まっただなかだ。早く社会に出て経済を盛り上げねばと思う人でいっぱいだ。これから、まだ勉学なんてとても気が散って、活気づいてきた世界に置いてきぼりにされてしまいそうな、そんなムードで湧きたっていた。10年たった。世の中が落ち着いてきた。身について残ったものがない。今頃気がつけば、当然後悔の念にかられる。

少しくらいの貯金と楽しかった思い出が残っただけで、再就職や転職で意に沿ったことができない。時代に流されず、する人はちゃんと進んでる。20歳は大人。これから何十年、これで食べていくと思える道へさっさとたどりついた人の勝ち。結婚して子供が育っていき、悩みや後悔がでてきたら、思った時はスタートの時、人より遅れたってかまわない。親達に背中を押してもらおう。驚かされるといいと思う。ビクッとして真剣に走りだし、アヒルを追うみたいに、さあ　さあ　さあ　さあ。両手でせきたてられるんだ。ありがたい邪魔。デキる家ほど邪魔をする。でも逆効果にならぬように。運命はみな同じとは限らないから。

じょうは時々、試食会を行い、商品の研究をしている。従業員は120名ほど。晩ごはんの時にチラッと話を聞くだけであるが、今、自分の居場所はここだった。なまじっかここが今良すぎるもんだから離れられない。支店は7つある。広い主家と事務所と離れと大倉庫と建屋が2つある。使いやすい家だった。それがアゲハを他の人生から距離を置かせていた。

新春の名作展、秋の研彩会など、世界の逸品、名品の秀作を特別招待のたびに、さささこにくっついて観にいった。いとこの家族が引っ越した。それからしゅんじが離れに住むことになる。

じょうは出かけたついでに時々、ロードショウを観てくるらしいが、予告篇を観ると次の映画も又観たいという。忙しい合間に行くので、時間を決められない。いい映画だったから観に行ってきなさいよ、というんだけど、連れていってくれるんじゃないと段取りしにくいわといってささこは行かない。観劇好きのささこでなくなった。

アゲハはテネシーワルツなど、何べん聞いても飽きない名歌で昭和の真ん中は本当にすばらしかったと思う。『帰らざる河』『駅馬車』『カサブランカ』『ペペルモコ』『戦争と平和』『王様と私』そしてすごく印象に残った『ブリキの太鼓《たいこ》』『地獄に堕ちた野郎ども』など、洋画、西部劇、そして東映のお姫様映画や化け猫の怪談映画、どれも見事な映画。又、レビューも。重役さんのご令嬢の公演があるので行ってくれれば、と言われた時も、喜んでささこと一緒に観劇に行った。

なかなか、実家を去りきれない。楽しく、おいしく、珍しいこともいっぱいあるので、アパート借りて自分で世帯を持つ心境にはとてもならない。そのくせ、自分の根っ子はここにあるとは思えない。でも、ここが栄えるのはとても嬉しい。しんこが羊皮のコサージュをくれたので、成人の日の集いに黒のベルベットのツーピースの胸元につけて行った。しなやかなえんじ色がとても引き立った。景気の良い時は暗くて美しい後悔の涙色、ワビ、サビの色、真っ黒が流行る。でも、景気が悪い時は、無味乾燥で明るく、にわか元気。そしてミニスカートが溢れていた。

中学1年生の3学期なんかに転校したら、すぐに春休みだ。そして4月の新学期、級替えでまた新しい顔ぶれになった。2ヶ月前の江戸っ子も、彼らには既に珍しくなくなっていた。宮様の時代がずっと続いているみたいな街と人々、御所、お寺、美術館、太秦の撮影所など、みんな身近なご近所さん。有名な所を普通に行き来して、観光客も地元の人もみんな溶け合った京の暮らし。

時々、ＰＦＣ《ペンフレンドクラブ》の例会で郊外の名所へ行く。参加者はいつも大体20名くらいいた。電車の乗り継ぎや地理を覚えられるのは何かにつけて役に立つ。

箏曲家と会社勤めの道を忙しく楽しく

勤めていた頃の友人達はお嬢さんタイプで感じの良い人ばかりだった。華やかそうできれいであるが、おとなしくてみな地味にスゴイ。家柄を汚さない誇りと信念がにじみ出ていて、しっかりしてるが、ツンツンしてない。負けるケンカはしない。気さくに冗談を言い、異性の話とかお金の話も、人並みにちょっと言う。髪《ヘアスタイル》のモデルの仕事もしてるの。プレタポルテ《高級》《あつらえ》の服は一着あるだけ、と言っていた。自分の姿や性格に少々の優位をもっていたが、でも他に何か野心をもつわけではなく、また決して遜《へりくだ》らなかった。給料をもらって定収入のある職務に就いていた。結婚もしてちゃんと家庭を築いている。良いお手本がそばにいたのに、アゲハはまだ目が覚めていない。豊かな食事に満足して、景気に酔っている……。

世は酒、喫煙が過ぎ、失恋や捨てる恋、しかたのない事のある人生であふれている。自分の体を健康に保つ日常の行動がとても大事で、悪くしたらソン。女体は特にソンが多い。健康をそこねるとはたから見たらすぐ分かるそうだ。

箏曲の先生宅へ行く。南座の舞台の衣裳だったようだが、化粧も派手でびっくりした。ま紫のしぼの荒い厚手のちりめんの着物に、濃いオレンジの色衿だった。顔は白塗りで口紅はまっか。名のある行事によく出向かれる優れた大師匠《ミストリス》である。

後に教わった先生も勘の良い優れた先生だった。素質があって上達が速いとアゲハは褒められたが、自分は箏曲家でいくかどうか気持ちはいつも揺れていた。デスクワークが好きなのでオフィスワーカーでいきたいと思う方が上だった。でも箏曲をすてられず、もっと極めようとも思っていた。

ハワイ、それから英国に住むチャンスに乗らず、米国放浪旅やアートの勉強のおすすめにも乗れなかった。何で？　それは縁がなかったから。

飽き性で夢みたいなことばかり言う、とささこが言うが、アゲハが心で思っていることはみな真実……。進学時期の担任の先生には指導力がすごく必要、リードがゆるいから進路が定まらない、という人だっている。

でも、習っても何しても、自分は作るの苦手、売る立場のことは苦手、食べに行く側がいい、着る人の立場のほうがいい、と大人度の欠けたことを言っていた時期があったのも確かである。

少数精鋭派、コスモポリタンを唱え、なのになりたい自分に一向に近づけない。こういう人は結婚するしかないと言う。あゝ女性で良かったア。男性でこうだったら会社勤めを続けられる？ 数年毎に仕事を変えたら気持ちも落ち着かないワ。住まわせてもらってる家があり、食べさせてもらえているから甘ったるいことを言えている。分かっている。何で１００パーセント結婚したいという所まで温度が上がらないのだろうと。行け、海外でも大学院でも、その他の道でも、学問か結婚かどっちかやって、それをしながら好きでやりたいという事をすればいい。なのにお見合いの話が出るとビクッとする。もしだめになったら出直せばいいし、離婚だって浮気だってありうる。アゲハはそういうことをいう現代っ子なのに、結婚にふみこめない。70歳を過ぎてから後悔するだろう。先方の家族に好かれて助け合って暮らすのはいいのに、踏ん切りよくないな。超エリートもスペシャリストも普通の殻の中でつぶれてしまわないように考えて頭を働かせて生きている。好きとか嫌いとか言ってない。主婦業はいいもの。パチッと決めたらどう?

『人間ぎらい』『高慢と偏見』など買ってきた。先生の授業が好きだった。けど、それが終わるとあっさりと又、米、英に戻る。

未生流のお花を習い、宗偏流のお茶を習い、短歌を詠草、15の時から続けてる。ホテルマナーに参加して、テーブルマナーを一通り習い、水泳やスキーの教室も参加して、いとこらと海水浴へ行った、あの時のこと——。

もし一秒遅かったなら溺れていただろう経験、忘れようにも忘れられない。三浦海岸での波、18の時だった。まだ海中に頭からもぐるのができなかったし、背の立つ所で少し泳ぐ程度だったので、波が来るたびに走って逃げていたのだが、あっ又、来た。思いきって一度、越えてみようか、そう思ったのがそもそもの始まりである。あっ、乗り切れていない。波の中へもぐってしまった。けんめいに両手をかえるのようにかいて、海面向けて頭をツンツンと押し上げるが、おかしい、ふつうならそれで海面に顔が出るはず。なぜ出ないんだろう。行っても行っても体は海の中。引かれて行く力の強さにどうにもできない。息が、息があとどれだけ続くか、水は一滴も呑んでない。偶然か、無意識の行動か、あとで思ったことだが、とっさにやっていた行動で、こじあけてもあかない強い閉じかたで口をぎゅっとつむっていたと思う。両ほっぺたは空気をいっぱいとどめたまま、両ほおをぎゅっとふくらましていた。今なら、離岸流かられることができるかも。けど突然、左か右へそれること出来るか。その頃は知らなかったので何で海面に出られないのだろう。何で、何で、何でと頭の中で必死で思って、左手と右手をカエルのようにこぎ、頭をブイブイと上へ向ける。でも引かれる力にかなわない。もうだめかと思った。そしたらプッと海面に出た。流されていた力が急に弱まった？ 助かった？ 小さく浜辺の人達が見える。どんな遠い沖かと思っていたが、戻って行けるかもしれない。平泳ぎはへたで3メートルも行けばもぐってしまうありさま。千葉の岩井や富浦の臨海学校に参加した時横泳ぎの型を習った。とっさに横泳ぎ。浮く。速く進む。体力を残しながら泳ぎ続け、とにかく助かった。こんなの一生、忘れまい。最初にわめいて水をのんでしまわないこと。びっくりして騒いで息を全部使いきってしまわないこと。心得る。いつ海面に出られるのか本当に長時間に感じたが、多分、長くても5分。もし、あの時水をのんでしまったらどうなるだろう。海はこりて、波のプールに行って、一度、波にもぐってしまったことがあり海と同じ恐い思いをした。

体験ダイビングの時はボンベからのホースが口からはずれていたのに気がついて、ホースどこ？　どこ？　と探した。そしてひょっとたれ下がっているのが見えて口へ入れたのだが、低血圧症みたいに何て冷静だったこと、よくもぷくぷくやらなかったと思って自分が恐かった。もう、出来ない。知らずになったことだから、しんけんさが濃かった。疲れた体をほっとさせたら涙がぽろっと流れ出た。波は来る者拒まず呑み込んで、えらいめにあわせて憎々しい。

以来それでも太陽と水着がすきなのかどうなのか海外のリゾート地やプールがあるのをみると泳いでいた。でも思うに太陽や水着は大して好きではなかったと思う。全ては身体の健康のためであった。正確な形とスピードを上げることを身につけた。一方で、お見合いのためにホテルの写真室で着付と写真撮影をし、釣書を書く。

留袖、色無地、絽と合わせの喪服、つむぎ、中振袖、付けさげ、小紋、訪問着、羽織、ひふのコート、紗、明石縮、ちりめんの襦袢、麻の襦袢、テトロンの絽の着物もはやってきて、綿絽の浴衣も珍しかったので揃え、塩瀬羽二重、セルなどは母からもらったメリンスや銘仙と共に衣裳缶に入れたり、たとう紙に包んだ。ネルや元禄袖の部屋着などもあった。袋帯、半巾帯、小物、ショール、佐賀錦の抱えバッグ、ぞうり、つま皮をつけた下駄、駒下駄、匂い袋……水盤、花びん、花切りバサミ、扇子、懐紙入れ、朱房、帯留の飾り、根付け、黒もじ、なつめ、茶筅、けん水、水差し、茶しゃく、茶碗、夏茶碗！

お道具は揃えてもらったけど、役に立っただろうか。結局、黒留袖は一度も着る機会がなくて、仕付け糸のついたまま、ベッドカバーにしてしまった。衽《おくみ》や背に入っている紋やネームを切りとって、アクセサリー用の小袋を作った。ちりめんの地がいいからミシンの針が通らない。金銀のししゅうの部分も固い、やっと手縫いで縫い上げた。大変だった。着物のままタペストリーにすればよかった。今後、誰かの結婚式に出る時は洋装でいく。お呼ばれ着とパール、コサージュを揃えた。

うちも世間とのお付き合いがあるので、できる時にはやった方がいい。でも、今なら、いらない？　お付き合い上、する方がいい？　どっちだろ。

菩提の寺で修行を積んで開祖し、大僧正になった先祖がいる。その方が没後50年になるので、法事を行うことになり、親族ら大人だけで50周忌に臨んだ。

アゲハは今流行りの言葉でいうなら、家を継ぐ立場でないのにまだ家にパラサイトしている。ささこは髪をあっちに分け、こっちに分けながら、頭皮に椿油をすりこみながら、時々話をするので、アゲハはそばで聞いていた。ささこは「ハト胸だから着物が似合うのよ」と言う。えっ？　子供の頃、級友のお母さんはハト胸というのを聞いて、ハト胸の人は恐い人だと思っていた――。お父さんはイカリ肩よ。あんたは？　イカッてるわ。胸の厚みがなくて貧弱、着付けをする時はクッションに手ぬぐいを入れなくちゃ。ささこはすましてそう言った。

えー「ハト胸の人、恐い」と思っていた、ごめん、とアゲハは心の中で言った。

この指輪はおばあちゃんからよ。貴石をいろいろと持っていて、貴石はいつ見ても飽きないと言ってたわ。刻みのない丸玉の水晶、サンゴやべっ甲の羽織紐は物がいいけど、最近では使う当てがなくなってきたわ、いる？　いれば渡すけど、と、ささこは言った。アゲハは、「ハイ、喜んで」。きちっとしまっといてよって言わない。あげた物だ。ささこにはもう用がなくなった物、でも、このいい物達、アゲハはどう使う？　心の糧となる引力とか目の敏さがあるかないか？　アゲハの使い方次第。ささこがそうだったように、時々眺めるだけで充分よいし、次の代へそうして送っていくだけで充分よい。新しい物もどんどん買ってどんどん消費してどんどん捨ててはいくが、これは別物。ちゃんと置いておく物なのである。外国でもそうだろう。変色しない、くずれない、手で感触を、目で品質を知る。変わることなく、ずっと同じだけある寿命と質感、捨てられてしまわないちょっと小さなお役目を持った貴石を、アゲハは好きであった。身につけると体に良い。天然の物はそうなの。銀のかんざし、絹の袴ももらった。舞台で使えそうといって笑われそうだが、どんなことで入用があるかもしれないし、置いとけるスペースくらいはある。だから大学祭などで使いたいと思いながら、衣裳缶に入れた。

琴の免状を受けたので、三弦（三味線）が入用になったから、買わなくては。戦前の昔の家にはあった物が今は何もない。戦争の時、疎開先に将棋盤とか運んだのに……。買い揃えるのが大変だ。

小ぢんまりしたハンドバッグを見て、宮ちゃんがいつも言う。どこで買ったの？アゲハの洋服やそういうのを見て、友人やいとこや又いとこからよく聞かれるが、アゲハは特別な高級品でなく、デパートや近辺で一般に売られているものを身につけていた。ただ、流行の最中の物なので品のよいマドモアゼル向きの奇抜さが目を引いて目新しい感じがしたのだろう。シャープペンシルは14Ｋだけど、耳かきは18Ｋなの。ハンカチーフはスイスローンでコインバッグはミンクかな。といってバッグを開けて控えめにチラッと中を見せて……。あの頃は２人で笑ったっけ。

ささこの方がアゲハより色彩感覚も趣向も優れてる。けれどささこは母親業に就いて、掃除やごはんの支度をするだけの人。でも、子供の学校の事を任されていて、よくやってくれている。割烹着姿でもふだん着でも、生活そのものの姿に品があり、人と接し、対話をする時の奥ゆかしさ。この冬からは洋服にしようかしら、といってブラウスとタイトスカート、カーデガンを着始めた。夏は簡単服を着て、エプロンをし、靴もはくようになった。誠実で世間ずれしない。じょうに意見がましい口をきかない。けど、服従とは違う、とにかく垢抜けた人だった。いつも自然体で、こぎれいであった。時々、親として子供にちょっと教えておこうと思うことがあると何かの話の中にチラッとツイートする。押しも押されぬ品位を保ち、人心をつかむ堂々さ、丙《ひのえ》の午《うま》、五黄の寅、強いんだけど知ってる人は弱い人ばかり、おとなしい、近づきやすいけどきちんとしたところを保つ人、など話す。医者の不養生とかも言っていた。医者は女遊びするとよく言われるとかも言っていた。子供は時にはハッとして、ちょっとしたことも聞きもらさない。

かんじが世界視察旅行に出発した。ライオンズクラブの団体の一行である。帰国後は書き物で忙しい。温厚で頭のよい家系であるが、鋭いのではない。わりとおっとりして、でも慧眼の持ち主であった。親族達の次世代を担ってそれに続くにふさわしい人物だった。一家も、昔からいるお手伝いもみな元気だったのに、子供を3人とも亡くしてしまって残念な家。あの子の夢もとんと見んようになったけど、アゲハちゃんのふとした表情が似てるんでハッとしますねん。あんさん、そう思はりまへんか、もつが言った。長男は大学のヨット部で元気に活躍していた時に亡くなり、あとの2人は病死だった。反対にじょうの家では、戦争でもしやと思う事もあったが子らは欠けずに育った。本当に残念だねえ反対で。

ヨットレースは毎年盛大に行われ、じょうのいとこ達は揃って大活躍をしていた。中でも本家と大垣のいとこおじはいつも優勝し、「彦根の赤鬼」という呼び名がついていたと言う。殿様の赤牛は有名なので、そういう所から強き赤鬼と呼ばれるようになったのだ。お寺の老僧も先祖の人柄や子らのことを法事の度に話してくれて、家訓なども聞かせてくれた。

ヨットの選手だったけど、卒業後は写真家になりたいと言いだし、親としては感心しなかったらしい。ただ好きなことをやらせていたらためになりませぬ。何の道でもしんどいですがな。ためになって、そう行くべきを見極める目は本人よりも第三者の方が正確で広い。子にはそれを知らす。好きだというだけの道に憧れてそれに重点をおき、狭いのはダメ。押しきらなかった。思いは貧弱。大人はこっちといって決めてあげてよし。

アゲハもそうだ。うちもいいし、滋賀もいいし、銀座もいいし、だけど、どれも縁はないと感じていて、それ以上なぜかふみ入って前進できないのだ。そして後に分かるが、独り暮らしの道を行く。

膝の前に両手をハの字に置いて、ごあいさつ。親族会議の日。しばらくでございました。変わりございませんですか。

わっ、お作法きれい。

そばにいたアゲハはそう思った。日常もそういう感じである。士分の仕草が宿ってた。

幼児の頃からきちんとした親族に育てられることは、行儀が良くなっていい、と思った。大変でしたのよ。簡単なことではありませんわよ。昔のオバサマ方は知的で貫禄があった。そしていい養育をしてくれた。

図書館に行った。学生のうちにもっと行っとけばよかった。

じょうは親の屋敷に住めなかったが、生活の信条が良く、健康だったから家族も事業も良い方へ行ったけど、アゲハだったら屋敷を買い戻して住んだかもしれない。男でも女でもそういう事に興味のある人とない人がいる。

ささこは、結婚当初にじょうからハンコみたいなものをもらった。それはじょうが行員時代に持っていた銀行員のお守りで、行員はみんなこういうのを持っているそうだ。それをアゲハにくれてアゲハはお札が増えそうに思って大事にずっと持っている。

サラリーマンを続けていればよかったのに。ささこの家の商売は副業にして、ロイヤリティーの入る事を考えればよかったのにと、みんながじょうに言う時期もあったが、雇われる身も大変だ。どっちでもいいんだ。

アゲハはしょっちゅうかんじの家で過ごした。自発的に将来のことについての意志はまだ現れず、子供なんて何でもケロッとしてる。育ちのよい大人達は自分の考えだけを押しつけない。これだと平行線だ。押しつけてもいい時だってあるのでは。

アゲハはまだ自分の本当の居場所を定められず、心の中で悩んでる。武道館で逢った同期の友は卒業式後すぐに放浪旅で米国へ行くと言ってきた。金星人、天秤座、父星……は今頃やっと未来へ動き出す。こちらは多分英国へ。同期の友は細身で色白の物静かなお坊ちゃま。荒くれない若者だ。どこにそんなエネルギーを秘めているかと他の友達が騒いでいた。アゲハも行ったらよかった。チャンスだったかもしれない。

かんじの家で婚礼。豪華な披露宴にじょうとささこは出席。人の晴れの日の話がある度に、アゲハの心が揺れる。でも東京へ戻るとサラッとして……揺れてない。家にいる時は、ささこの話を聞くのが楽しみ。

近くに山脇があったでしょ。学生が夜の赤坂を歩くので近所が噂をするの。

プリンスメロン、新顔である。何ておいしい。ささこはよく買うので仏様にお祀りしてお下げしたらアゲハにくれる。格別においしくてしょっちゅう食べられるのは幸せだった。ひょっと新聞の求人広告なんか見て米国の教育出版社、セールスオフィスの○○募集というのが目にとまる。日に2転、3転するアゲハであるが、行ってみようか、やめとこうか、行ってみようか、どうしよう、となかなか思いきれずも、やっとのことで重い腰をあげてインタビューに行った。ファーイースト・セールスブランチだった。米国はビジネスライクで冷たいといった時期だった。寂しいアメリカ人という言葉もよく聞かれた。でも、日本だってけっこうビジネスライクの人、多い。どの職種も景気は上向いている時。採用後は張り合いも出てとても忙しかった。半年後、株式会社になった。9時~5時、土、日、祝日の休みで、オフィスセクレタリー。ウィークデーが大変な忙しさだったが、しっかりとやった。ニューヨーク本社の役員一行が視察のために来日し社員が集まって集合写真を撮った。社内誌に載る。ここでの先輩はまつば女史。彼女はYMCA出身でアメリカントレーディングに3年勤めた人。優雅で仕事のできる人である。頭《ず》は高くではなく、社内でみんなが親っていた。

時々2人で面白いことを言いあって笑う。

うちとこみんな普通やねん。

えっ？　うちだってそうよ。みんな普通人！

大人達も私らのことをそんなこと言って笑っていたかもしれんわね。

ほんと。ほんと。

そして、私らは次の子達を普通人といって笑う。

そして、その次の子達が次の次の子達を普通の子ばっかりといって笑う。

そしたら出た！　エリートが出た！

忙しい毎日だったからそんなこといって、気をまぎらわさなくちゃ、頭、詰まっちゃう。

きりりっとしてた子がつまらない大人になったり、普通の子が超エリートになったり……分からないものだ。みんな立派だわ、大丈夫。

多忙なる若き日、彼女がいたからお互いにあんなこと言って気が休まっていた。

そんなある日、前任だったセクレタリーが「こんにちわ」といって入ってきた。類は友を呼ぶ。この人もデキの良い人だった。丁度電話が鳴ってつい受話器を取って受ける。

「はい、どちらでいらっしゃいましょうか」

アゲハはもらさず聞いて、先輩の良い点を自分のものにする。家でも子供の時から父母の上品な言葉使いをきいて育ったので役に立てている。

「只今お席じゃないんですけど、お急ぎでしたらメモでお知らせに行って参ります。よろしございますか、では承知致しました」

うちの親達にとても似てる。上には上がいる。アゲハもここで輝きたい。周りにいい人がいっぱい。しばらくここの人となる、と思った。毎日、よく使う言葉を頭に整える。コントラクトペーパー、ダウンペイメント、リジェクト、コレクション、ベリファイ、ヘッドコーター、アドミニストレイター、エンサイクロペディア、トレーナー、ブロッサイド、ペティキャッシュ、レプレゼンタティーブ、ショッピング、サブスクライバー、リコンファーム、ペンディング、デモンストレイションセット……バイニング夫人の名。元赤坂のモダンなビル。新幹線の記事……。全国からブランチの部長達が集まりミーティング開催。この時名古屋支店長がアゲハに呼び名をつけて、以後みんなに呼び名で慕われることになった。アゲハの部屋は両袖机、ファイリングキャビネット、ロッカーが収まっていて快適な毎日だ。バイスマネジャーがセクレタリーを雇い、アゲハの所にはアシスタントが来た。帰宅後、調べ物で辞書を引く、本当に忙しい毎日だった。

戦後、我が国もアメリカナイズされて、カタカナ語はいっぱい、それに助詞抜き、連体型どめ、ユニセックス語が増殖、あるわよ↓あるよ。いいわよ↓いいよ。などとなっていく。でも社内のみんなはわりときちんとした標準語で話す。仕事柄である。

うちでは親達が年をとっていたから慣れない言葉を覚えられず、標準語のままだった。男性社員は頼もしくてそして今ならユダヤ人、ユダヤ教、キリスト教徒を知っているのだがその頃の日本人はシェイクスピアのジューしか知らなかった。ユダヤ人って何？　と思う人がほとんどだった。会社関係の外国人どうしがよく「自分はユダヤ人だけどこの場合はああする」などと話の中でよく使っているのをみてユダヤ人としての区別がつけられなかった。だから外見ではなくて何かちがうのだろうとしか思っていなかった。多国籍人のいる企業もあるし、独身のトップもいたし、我が国だってお互いさまなことはいっぱいあった。何がどうであれ、あっちの人は本当にきれい。確かに七難隠すは白、素直に褒める。だが、ノルマのプレッシャーやら何やらでアメリカ人は笑わなくなったと言う。

アメリカではやっていたスマイルバッジを1つアゲハにくれた。ニューヨークの公園のベンチにも寂しく座っている人が増え、美しいテネシーワルツの幸福家族をなつかしんでいた。

ワールドトレーディングフェアに行って知り合った人がいる。3年坊主？　短い。

5年？　もう少し、7年坊主くらい友人を続けたいと思った。なら婚期が遅れる。でもやめたくない。上機嫌ムードの世の中だから困ってしまう。門限は9時にした。うちの親が厳格なせいにして、9時でサヨウナラ、ずっと守った。

アゲハは面喰いではなくて、名前喰い。日本人に限らず、釣り合えば外国の人でもいい。みんな人柄がよくて優しいが、自分だけ三食、昼寝、おやつ付きで、のんきでのんびりは、この頃は日本でもないだろう。物ごとを分担し男性と同等に、主張もするし、達成感も味わう。プロポーションもルックスも良いならば、その美しさ、子孫にあげたいと思って、みな前向きに心を輝かせてもいて、おすまししていられないけど、でも、やっぱり迷う。でも日本人は憧れがあれば、ちゃんと認めるしそれに近づく努力もすると思う。考えて考えてなければしない。

流行りの手頃でしゃれた服、みんな着てる。アゲハも。アゲハは1サイズ大きい、胴長でない、いいかっこの既製服を買って服に体を合わす工夫をする。

湖魚の鮎はよそへ放流されて大きくなる。小人にはびわこが、大人には日本が、偉人には世界が見えるといわれたその地で、先祖代々育ち、アゲハもそのＤＮＡを受け継いでいる。アゲハは人前で話すことが苦手であるけど、でも世界の中でその一員として生きていたい。今、自分が与えられたポジションで、自分の権限を100%発揮できて、絶対なる居場所があったことによりアゲハはカブトの緒をしめたいほどの嬉しい日々であった。

恋愛やお見合いで大方の友達は結婚をした。決断していいな、楽しい世の中に引っぱられていない。さっさと自分の家庭を築こうと決めた。アゲハ、こういう時は心が少しは揺れたけど、でもすぐに忘れる。気易そうで、気難しい自分、そんなはれものでもないのに、何か、シャッと戸を閉めている。でもいいと思うの。育ちの力は、本当に困った時には全力尽くしてきっと切り抜けていくと思うのだ。

我が家はいま慶事続きで、親達は出費続きで大変だ。アゲハは引出物で銀製品が溜まっていくのを喜び、以後コレクターになる。

ぎんじの家へ行った。お嫁さんが持参の品を整頓してて、ものすごく控えめな態度でお道具を見せてくれた。着物、琴、いい品物だ。黒塗りの長い箱に木目の整ったお琴が入っている。大きな赤い房がとても引き立っていて、帰ってからささこにすごく控えめに目録の話をした。こちらだって、建売りの新築住宅を用意したし、美術品や財宝はあり、役職も先祖の名誉もあった。釣り合っていた。

アゲハの琴は年代物の珍しい琴で象牙やべっ甲が使われている、ちょっと見事な品物だった。ピアノは琴の曲を編曲する必要があった時、間に合わせに買った物で、老い先、教室など開きたい時は先生の出張を頼む。今は部屋の飾りに置いてあるが、古くなったら庭でこわしてその材料でロッキングチェアなど家具を作ってもいいのだ。オルガンやハーモニカでやってたことをピアノでできるのはやはり便利で、「君が代」「星条旗よ永遠なれ」など五線譜のものを琴の楽譜に作る作業を時々する。歯車がくるくると回っていた。サボテンもこの年から花が咲いた。白ゆりのような大輪が五つも六つも咲く。我が家の今みたい、と思った。

アゲハは年が上のいとこをついおばさんと呼んでしまう。それをいとこはじょうやささこや自分のママに話しておかしがる。子供は大人を笑わせるわねぇ。っていって。離れにいた頃の子らはとてもかわいかった。まだ他に知り合いや友達がいなかったからよく遊んだ。

ある日、黒砂糖の羊かんをこっそり1本全部食べてしまった。そんな1本食べてしまう人、いるのだろうか。こんな全部食べられちゃったら困るだろう。目も口も欲しがっていない。なのに一切れずつ切って食べてるうちに、もう一切れ、もう一切れと思いながら、さいごまで食べちゃった。今ならとてもできないだろう。あの時は20歳より前だった。今までに4回もある。

しゅんじはデパートの見回りをし、お付き合いゴルフへ行き、いろんな買物をしてくる。体のためにいい買物ばかりだった。でも出費が大変。体力増進、目いっぱいかけた費用。いい。惜しまない。まだ肝油もスッポンも買う。

子供の頃のいやでいやでたまらなかった医者通い、早く治ってちょうだいな。都電で青山一丁目、降りてからどこも寄らずに家路へいつも急いでた。

デパートさんは地下から屋上まで楽しくてためになるものがいっぱいある。しゅんじの瘰癧という病気は、戦時中の幼児の単なる虚弱体であった。じょうは手術や療養費、転地生活の諸費用が余りにも多大だったので、うちの子は〝金喰い虫〟であってほしくないし、お医者のお得意様なんて言われたくなんかないよ。財力ある時だったから支払えた事。本当はじょうは心の内で悲鳴を上げていた。しゅんじは自分で自分の体をいたわり、体に悪いことはしない、体にいいことは費用がかかるけどする。だから健康人以上に健康になった。

じょうは子らの命名や事業に対する判断などを金閣寺近くの先生によく相談に行っていた。事業の件は知らないが、姓名のは五万円とか聞いちゃった。誰かに話しているのを聞いてしまったみたい。何かと自分だけで勝手に進めないで、いいと言われている人の判断を参考にしたり、暦も見ていた。

夕食の支度の時間、ちょっと姪を抱っこしていたらいつの間にか寝ちゃってる。しゅんじが廊下を通ってのぞいた。何？　寝てるの？　そうなの、話していた恰好のまま寝ちゃったから、これ、この格好よ、そうっと動かせないの。変な恰好で向き合って抱っこしてるもんだからしゅんじが笑う。おとなしくて世話のやけない子で、誰かが抱っことというと、にこやかに行く。そばにはしっかりした親達。絶対安全と分かってる。そっぽを向かれたりぎゃあと泣かれたりしたら、好かれてないみたいで、いやだもの。人馴れしすぎないで、人見知りしすぎないでおとなしいのは、いい。魂があるから、行きたくない人は分かるらしい。親も無防備にひょいと渡したくないと感じる人もいるだろうから、鋭く子供から目を離さないで。

女児は育てやすい、というが13歳も過ぎると変わってくる。男子の反対である。ブルーデーの過ごし方も、もしへただったら、50歳過ぎてからそのツケがくるそうだ。50歳過ぎで気持ちが老けたりしたら、面白くない。人が笑っている。自分は笑えない。心が老ける。そんなの、ヒステリーみたいで、やー。自分の体、良くない行動は自分に返ると思って、安息日を穏やかに過ごし、体を休める。ビジネスライクの世になって、自分の時間を上手に作らなきゃ。

遠方へ嫁いだ年長の従姉妹が来た、目黒に住んでいた時以来である。自費出版した歌集を持ってきた。

おばさんこんにちわ、といってしまいそうな年長の従姉妹。とても知的な人である。いつでも又いらっしゃいよ、とささこが言うと、2年たった頃、家族のみんなと一緒に来て、みんなで話したのはとてもいい思い出になった。時々、行き来したらいいと思った。

事務所のそばに家を買った。でもみんな、そこになじまなかった。下降の予感。

世はアジア初の万国博覧会《ワールドエクスポジション》が、我が国で開催決定のニュースで賑わいだした。琴の会からの出場もある。お祭り広場、野外ステージ、ゆかた祭が決まった。さて、万博がオープンし、今日はアゲハの入館証でささこと姪が一緒に入った。各パビリオンと「月の石」の見物だ。あれが月の石、5センチほどの石の破片《はへん》。あの美しい月に人が住める要素はない。でもそれも可能になりそうな研究開発はもっと進んでいくだろう。

着物を着て、あつらえのヒールの高い草履をはいている。アゲハはもう疲れてきた。心臓がドキドキしてきて鼻水が出そう。着馴れているので着くずれせず、きちんとしているが、早く帰って着物を脱ぎたい。先週は二重たいこ、今日はふくら雀に結んでもらった帯、着せられる人が上手、着せる人が上手だと疲れないのよ、とささこは言うが、もう苦しいわ、アゲハはいつもこうだったが、着物姿が好きだから苦しいのをすぐに忘れて、又着たくなって。

帰るなり、とっとと脱いで吊り、怠らずにあとのフォローを欠かさない。ベンジン

ユニバーシティ　オブ　ハワイ・マノア校

で拭く。熱いアイロンをかける。着終わったら面倒がらずにすぐする人の勝ち。あと、保存状態のよい物はぜったいにトク。あといいと思うことは遠慮しないでまねること、アゲハもやっている。

アゲハは英国に知人がいるので、行きたいと思う。長年、文通している人もいる。その人はアゲハと同様、大変な〝書き魔〟であって、いつもぎっしり書いてくる。ためになることを書いてくれるので文通は勧めたい。このころサマースクーリングに参加して全国に友達の輪が広がった。ユニバーシティ　オブ　ハワイ・マノア校での日大の講義を受けた頃である。みな性格が良くて品のある学友だった。長期でもなかったが色々なチャンスがいっぱいあった。でも何もつかんでいない。しっかりしたアドバイザーが居れば良かっただろう。

世の中が楽しくて魅せられているうちに月日がどんどん過ぎていく。親は子にもっと期待をし、背中を押してくれたら、向上心も湧くだろうに、厳格なのに厳格にしていない。縁談の時期の不一致。始まったばかりの恋に気を集中させていて、こっち取れば婚期はあと、今はこっちは捨てたくない。そんなことばっかり。いい縁談を断るなんて、アゲハの結婚をしない意とその思いをそろっとのけなくちゃ。縁談を決める。親はそんな手助け役をしないといけない。

1億総活躍、総裕福時代の中流家庭の子達は、気が散って大事な決断をするのが鈍い。大げさに言うとすれば、うちに生まれたからには子孫と家を絶やさぬ役目あり。人権の自由とは違うもの。人は生まれたからには自由の制限もあると思え。歩み寄らねばいけない。自分は頼られたという使命感を芽生えさす。親達の品格を敬ってありがたく思い、慕っていく、それ、いいんじゃないか。世間も喜んでくれる相手を好きになる。反対されそうな人を好きにならない。みなをがっかりさせて自分だけ、自分の好きな人と喜んでいる未熟な恋を卒業。法のある中で人権、自由は守り、そしてはたのことを考える大人という度合い。不釣り合いはいずれうまくいかない。世間の批判に耐えられて、かたみの狭い生き方するの、つまらなくないか。祝事や法事に堂々と招ばれて身内のみなと良い付き合いをしながら子育てもしていく。これのほうがきっと幸福だ。世間の目に耐えられない柔らかさを持って引くといい。変てこりんでおかしいから批判をするんで、世間の目はあまり間違っていないだろう。子らの幸せはみながぜったいに願っていること。

アゲハはアプレミディ。けっこう地についたことをやっていると思うのに、縁談はどうも地につかなくて……。

日比谷クラブの先生や、又、新曲の先生の会で、米、欧へ行き、多忙極まるなか、アゲハは都心の閑静な所に移った。ほんの時々、日の丸の街宣車など通る通りがあって緑が多くて静かで、アゲハは案外、好きな街である。月謝、美容院代、ランチ代等、全て予算に入れるが、ぎりぎりの月があると、洋服買うのを控え、お風呂は1回抜く。美容院へは毎月でなく、1ヶ月半毎に行き、ランチも週1回は質素《しっそ》にして切り抜けた。

忙しい時のお昼はおじやかいためごはん。殆ど夜は毎日、自分で食事を作る。エプロンをして、袖口をまくって台所に立ち、マナ板もおたまもさい箸もおっくうがらずに適所に使う。フキンを洗い、冷蔵庫の中を整頓、人並みに味見とかつまみぐいなどするけれど、誰かが見ているつもりになって、ぶしょったいことや、横着をしなかった。けど、食べたままの食器を冷蔵庫に入れといて急いで出かけてしまうこと度々。忙しいので月日がさっさと過ぎていき、1日にして昨日迄を忘れて今日からがくっつく。楽しかったことなんてぐんぐん遠のいてしまう。我が国も先進国の仲間入りの世になった。そして何年もたったある朝、いつもとちがう具合の悪さを感じながら出かけたのでやはり、帰りの地下鉄で立っていられないほど変だった。医院に行き3日続いた苦しみがやっと峠を越した。でもぼんやりした体調が残る。42・5度あったんだからしんどいのは当然。何の原因にせよ治さなくてはいけない。旅にでも出て健康を回復しよう。そんな年の瀬、急きょ、余儀なき引っ越しに慌てる。少し前に高熱で苦しんだので、まだ養生していたかったのに、しかたがない。間に合わせとか、とりあえずは嫌なのだが、風呂なしの小さな借家、ここしかなくて泣く泣く決めた。洋バスタ

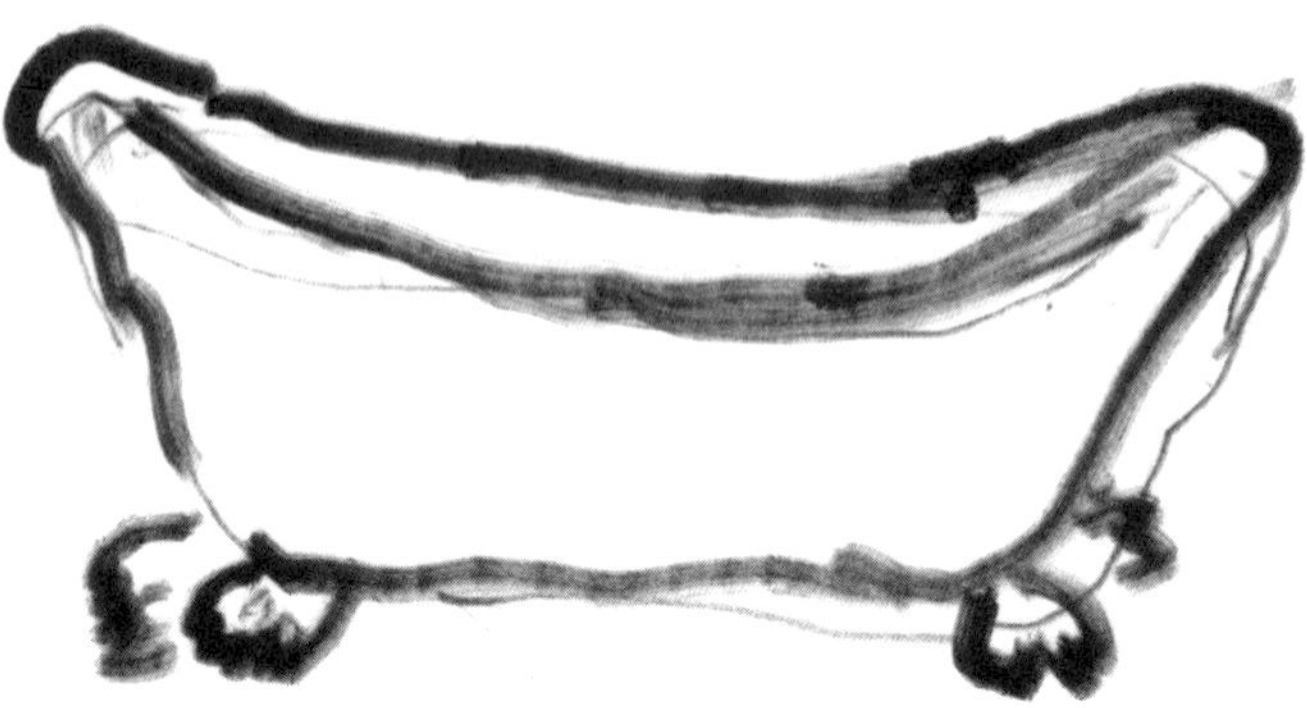

ブを丁度買って使った。街はXマスで賑わい。5日ほどで住居を探す、どんなに大変だったことか。学生時代の試験場を思いだした。いつも一夜づけの試験勉強で試験日に臨むので、前夜は寝ていない。解答の半分が分からない。あせりだした。そろそろ解答し終えて席を立ち退室していく人がいる。あゝ気持ちがせかされて、頭が熱くなり汗ばんできた。今朝の朝食時間はぎりぎりだったのでおろそかだった。腹に力が入らない。つやのあるいい声は出ない、下腹がくの字に曲がりそうになって、尿意が引っ込んでしまった。脂汗でびっしょり、あゝ疲れた、あの時と同じ思いをしてぐったり、大家は急きょ建て替えをするらしい。間があいてちょっとの事で年が明けると延びがちになったら困るから年内にと思い

きったそうだが、こっちの立場になってごらんよ、出費がすごいんだから……でもアゲハはお人好しだった。当然、あとあとこたえてしまうことになる。人のふりみて我がふりも注意。防備せず、不同意せず――。年とともに独身の女性、だんだん借家を貸してもらえなくなりそう。借家でない生活を早くしなくては。親とアゲハ、慌てる。

後日、アゲハは結婚しないのでそれにかかる費用の代わりにと言って、親から頭金を受け、住宅ローンの資格もとれて念願の住居、城壁のような崖《がけ》が好きだった山手通りの2軒目を買った。オペラシティが建つ時の説明会を聴きに行った頃だ。だんだん崖がなくなってもっと丈夫なコンクリート壁になっていく。けど中古物件のリフォーム代は思った以上の大支出。あゝ一生ここに住みたかったのに出足が良くないなと思った。いつか、門構えのあるガレージ付きの家に住む人になる、と思った。

以後は長いこと住宅の広告や世の動向を何かにつけて、いつも察知しながら暮らしていた。でも予算を減らしてしまっているので思うものにたどりつかない。ものすごく悩んだ末、とうとう郊外まで足を延ばして探しに行った。新宿～日野間の30キロ、6時間とあと少しでウォーキングできる距離である。びっくりするほど遠方でなし、多くの通勤者が住んでいる。思いきって初めての郊外暮らし3年のつもりで引っ越したら、広いし住み心地がとても良さそうで気に入ってしまった。ピーターラビットやミッフィーのウサちゃんがいそうな庭がある。庭が好き。池の周りを眺めては童話や絵本の筋書きを思い浮かべ、久しぶりの執筆に時を費やした。広さに合わせて装飾品と家具を次々と買い、それらを眺めて暮らすのが何より好きだった。同時に田舎の土地と都心の家を探してもいた。終《つい》の棲家ではない丘の上の家は、もっと年を取らない内に移転したい。

それがちょっと叶って区内に引っ越した。庭の手入れ、買物、とても楽になった。でもせまい家なので見るたびに悲しく物足りなさを感じている。しかし日当たりもよく快適なので心の中では感謝している。代々木の家が失敗だったのであとあとこたえるのがうらめしい。増やしてしまった家財を減らす苦労、惜しんで惜しくて、惜しみながらやっと減らす。つまらぬことをしてしまった。もういい、もういい、これからはよく考えて失敗しないよう気をつけなくちゃ。育てていた庭木をいとしく思い、根元に出ている子を鉢に植え、さし木や接ぎ木などをして引っ越す時につれていく支度もした。郊外の数えきれないいいい思い出を残せばいいと思った。

富士山頂に登った。電池の消耗がすごくはやい。小笠原島にも行った。ホテルシップだ。体験ダイビング、シュノーケリングもやった。ハワイのサブマリン、赤道通過、バリ島、モルディブへも行った。パラセーリング、ジェットスキー、スタンドアップパドルボードとか言うの、ものすごい恐い。スリル。藻が茂り、テーブルサンゴの群生した海なんか落ちたら大変。ライフジャケットつけずに無謀なことを。岩からの立ち飛び込みやバンジージャンプ、ジップラインなどはやってない。ナイアガラの滝。欧州の帰路はマッハ２０００、馬、ロバ、ラクダ、象、全部乗った。デーツも食べたし、買ってきた。コアラを抱っこ。ラフティングも。４人乗り馬車で山道、突っ走りもした。万里の長城５キロ歩き。ケネディ宇宙センターへ行き、大型ヘリコプターで島から島へ移動。富士山の樹海５キロ歩いた。恐さと楽しさ。みんなでやった。まだあるけど……

留守中、うちの玄関だけまっ暗。新聞配達は休んでもらう。退職してからだから行けた。親の家へいく時間ができたので行く。おみやげをくれる。お稽古事も続きをや

富士山詣でがはやっていた。左がじょう

りだす。光熱費、通信費、税金、火災保険料、美容院代、洋服代、食費、娯楽費、雑費、そして積立預金もして、普通並みの月々の暮らしを自分のたてた予算でやれていた。部屋の模様替えをしたり置物を飾るのが相変わらず好きでいつも何かかんかして部屋を整えていた。忘れ得ぬおいしさ、ネバダ州で食べたホームメイドパイとか欧州や豪州、北欧でのチーズ、クリーム、ソーセージ、ハチミツ、フルーツ、サーモン、生ハム、……思いを馳せる。

引っ越す。これから暮らしていく周囲5キロ、歩いて見学、年中行事やスーパーマーケットなど一通り入ってみる。引っ越ししたらいつもそうしてた。

生まれた所も坂道だったし、アゲハは坂道はむしろ好きだ。庭木は、伸びたら高枝切りバサミ買ってカットするワ。雑草なんか、薬なんかまかない。抜き取る。池の水は入れかえたり、木の葉やごみをあみでとって掃除する。家のお守りは出来ていた自分の毎日を喜びもした。この頃はまだ空に星が見えていた。年月がたち、親族や先生がお年で亡くなっていく。友達は夫婦でしょっちゅう旅行。電話をしても留守ばかり。

楽しく健康に良い旅行。

出発する日の朝の紅茶をいつからかしゃれたステンレスカップで飲むようになった。ウォーキングに参加した時の記念品でもある。食器のあと片付けの時にすべらせて壊しそうになったことがあってからそうしてる。散財し過ぎにやっと気がつき、少し締まらなければと思い始める。いい家に住みたいし、なかなか住めないし、一人暮らしはけっこういいが、でもそんな、えらいの要らないや、と思ったりもする。

熱海には毎年行き、時にはみんなが集まって、親族会議も行った。旅行用の茶道具を一セット持っていくので、茶とお菓子の時間を作る。

大垣の温泉はとてもいい湯だったが、近頃は熱海を行きつけにしていた。昔からいたお手伝いさんが年老いていなくなり、次は学校に申し込んでいたお行儀見習いのお嬢さんが来る。旅行中は裏の家の家族らと過ごしてもらっていた。

春は茶会。もつは裏千家の支部の役をしていた。城下町はどこもお稽古事が盛んでゆかしい。庭の端に茶室ができた。枯山水のそばには、築山《つきやま(アティフィシャル　ヒル)》を造った。座敷から眺めて、机に向かって書き物をする。身延山に分骨をした。アゲハは古い桐のタンスが幾つも並んでいる2階の部屋で寝ていた。日当たりがよくてカラッとしていて、底冷えのしない家だと思った。食事はおいしい。毎日、幾品もおかずが並ぶ。味噌田楽を予約して買ってきたのが並んでいた。

「よく召し上がる」

とかんじに言ったら、

「そうか、まだデザートを全部たべるし、茶も飲みたい」

と言うので、みんながどっと笑う。

銀座通りの商店街に親戚の洋品店があって、丸菱で買物をした後はいつもそこへ寄る。まだ子供らは小さくて、とてもかわいらしい。ここのいとこはうちの屋敷の最後を知る唯一の人。親族の事も詳しい。あの家にはね、大きくて見事な長刀《なぎなた》があったの。

アゲハは区の弓道教室へ通ってから、武道が好きになった。

あゆや鱒の浜焼を予約。みな招ばれて塩焼きや酢味噌でたべる浜辺のお店の味！

ヨットに乗るか、と聞くので絶対乗りたいですと即答した。泳げるか、と聞くので少ししか泳げません。でも立ち泳ぎをするし、冷静でいられるから深い所でも慌てません。アゲハはこの時はまだ13歳。初めてのヨット。そばへ行ったらすごい大きい。帆のサオが重ったい。かんじは大学のヨット部でさんざん活躍したとはいえ、久し振りに漕ぐので近場だけといったが、すごい巧みな操縦術で、湖面すれすれに背中をそらせた。わあ、ぐぐっときしむ音と共に帆がこっちへすべるように走る。わあ、こんどはあっち側へすべってった。ぐぐった方がいいのか、ここにいるままでいいのか、わあ、帆が重たくってすごい大っきい。あれにあたったらふっとばされてしまう。前進する速さに驚く。みるまに沖へいってしまった。深々した濃い青緑、冷たそうな広いうみ、みていたら恐い。恐くなった、もう岸へ戻って下さいと心の中で叫んだ。あゝ、冷やっとした。でも今日はヨットの体験、スリル満点の1日だった。今度、遊覧船で竹島にいく。島には日本三弁財天で国宝を有す神社がある。行く日が楽しみであった。

今日は近くの松原海水浴場へいく。ここは遠浅でないが、徐々に深まっていくので加減が分かる。そしてそこは砂地である。足裏に優しいからすごくいいのだ。あ、足の下で何か動いたのでびっくり。そしたらみなはあしの親指でシジミをはさんでとったのをみせる。首丈ぐらいの水深で立ったまま、足の裏が動きを感じた時だけ、指のまたではさんで捕る、なあんだ、私も捕るわ、でも2つか3つしか捕れない。あとで逃がしてやった。

鮒寿司は贈答品に使われている、栄養がある高級品で趣向品なので、毎日は食べていない。

かんじが遍路とか、広島、長崎に行きたいので、アゲハとゆうこが支度をすることになった。お多賀さんには「一度行っとくといい。佐和山のお寺にはこの間、行ってきた」

では今日は、お庭で水遊びどうや。お庭に水着姿で出てき。なので庭へいくと、いきなり冷水がとんできた。わあ、何て冷たい。井戸の水はびっくりするほど冷たかった。

さあ晩ごはん。手を洗って、トイレに行ったら、目の前の土壁に小さな守宮《ヤモリ（ゲッコウ）》がはりついているのでびっくりした。ほう、小さいの出おったか、ここはおりますのや。ほやけどかみついたりせんのでな、何もせえへん。大丈夫やで。けど子供びっくりさせたらあかんで、とったろ。茶室にもこの間いるのをみた。今まで気付かなかっただけでどうやらあちこちにいる。でもみな恐がっていない。あっちからは何もしないから。京都のはコロッと太っていて、けったいなイモムシみたいや。守宮を見たのはその時は初めてだったから恐かった。水路にはまむしがいるんえ。ともいう。庭の鳥かごでまむしが小鳥を丸呑みして、お腹がふくれて出られないまま鳥かごにぶら下がっているのを見た。消化するまでああやねん。ややねえ。

今日は墓参りの日、港区のお寺は小さいお寺だが、子供の頃はいつも行くと一回りして、ここにはあの人とあの人が眠っている、といってよそ様のお墓の所を通った。先祖代々の墓所、アゲハはどっちとるかと言えばどっちもとりたい。長年顔馴じみのお上人（ご住職）が言う。

「先々代のじいさまは本当に厳格なお方でしてな、社殿に入る時、昔は、はだしになって入ります。普段、子達は木綿のかすりを着てますやろ。上がって、正座して開きますのや。じいさまはいつも元気で姿勢のよいお人でしたし、とても厳しいお人でしたが、子らをとても大事にしておられました」

「ささ、茶もお菓子も遠慮なく頂きませ」

「はい」

ご回向《えこう》の時はいつもそういう感じです。

祖父様の50回忌が来るんですよ。みんなが集まって法要されたらよろしいかと思います。なのでさっそく、法事をすることになった。丸菱で食事会も行い、大人も子らも出席した。ささこはわたし達の生きてるうちに50回忌ができるって珍しいことで、むしろお目出たいといって喜んだ。

西暦2000年になる。そろそろ100回忌を迎える頃だと思うのだが、世の中が急激に変化してきた。寺離れも起きている。若い人達の経済的理由とか家族の形がくずれ、みなが個体化してきたから、年中行事や慶弔事に費用をかけなくなってきた。盆も命日も簡素化し、樹木葬とか海上への散骨をしたり、自宅に骨壺を置いておくなど、新しいとむらい方が急速に流行ってもくる。長年お世話になってきたお寺さんと縁が薄れていく。墓じまいをし、墓石も野ざらしという家もでてきた。えっ？　まだ20年、25年前は考えもしなかった現実である。民族が移動し、移民が増え、海外に住んだり、海外から住みに来たり、住民は多様化、国際結婚の幅が広がり、労働力など外国頼りの傾向だ。身分や経済力の格差、少子化現象、生活困窮世帯の増加、家族じまい、個の時代……。あの輝やかしい先進国を見習って我が国も早くああなりたいと願ってがんばっていた高度成長期の国際化と少し違ってる。あの時は戦争で死亡とか焼失した以外、生活に大きな差はなかった。あとの子達、いとこ会を盛り立ててしっかり守っていく、と言ってたが？

アゲハは命日、盆、彼岸にはお供えの気持ちでお膳の上に食べ物をいっぱい盛って、その立場にはなくとも毎年お祀りをしてる。家でそういうのをずっと見て育ったから、する方が気持ちが良いし、あとでお下げしてから頂けばいいので惜しまない。

お墓に入る時に子孫《ジェネレーション》のみんなにお世話になるので、子孫が困らないような順備をしなければ、とも思って、やりはじめる。若年層もいずれ年をとる。規律ある風習や伝統のいい点は必ず引きついで、いい方に戻っていくだろう。人はどうせすぐに飽きるもの今はとにかく戦後の産めよ殖やせよ、で人口が増え過ぎ、その人達が年をとってきて老年が多過ぎるアンバランスな状態なのである。年金の将来を支える若年層が少ない上に、若年貧困が多いので、早く老年者がこの世を去ってほしいのだ。

老人の哀れな孤独死も増え、人知れず寂しく亡くなっていく人の切なさ。衣、食、住、足りて健康に生きて平穏に亡くなっていかないと、魂が成仏できない。

人間の営み、結婚、子育て。人は生まれた以上は生きていかねばならない。身ごもって大丈夫という自覚があり、産む行為に責任を持つ。男性には分からない、ではなく男性の責任が大事。女性は自分の体なんだから、自分が自分の身を守り、産む覚悟と、産まれてくる子の身を守り、責任をもつこと。産んだ子が年をとり、要介護になっていき、施設の車の窓から信号待ちの人々をうらめしそうに見つめて、この車から降りて外を歩きたいと訴える顔をあちこちでみた。介護に従事する人も大変なご苦労を本当にえらいと思う。昔から人のやりたがらない職業も今は仕事と割り切る時代だがでも大変。

退職後、戻れる郷里がある人は、それだけで本当にほっとする。ずっと住み続けている人達も多くいて、昔のことをよく知っているというなつかしさが何ともいえない。図書館も〇〇館もある。郷里の人々の持てる力、郷里たるものかくあるべしと思い、うちには何かないけれどもいい。お寺に観音像が居られる。

ゆうこはいいとこの学友である。身元が良くて、誠実、ていねいで、欲のない、運のいい人、アゲハの用事を半分とったわけでなし、損得がない。他人が入ってきて楽しくて結構だな、と羨やみたくならない。しっとされる人は、特有のズルッこいとかちゃっかりがあるものだが、きれいなのに、嫌な面はなく、本物でないスキもなく、こまっしゃくれるとか、鼻歌鳴らして太っ腹な態度もしない。人に絆を持っている。この家の仕事はとても気楽、みんなもいいと言うから、お願いする事にして、かんじも今は郷里で落ち着いてきた。

年寄りは2ヶ月に3回は散髪に行こうと思うと言って、かんじは出かけていった。昨日は置物や掛軸の整頓をした。そしてお歯黒入れを一つアゲハにくれた。室町時代、実際に使われていたものなんや、という。祖母様、伯母様のご先祖のだわ。アゲハはいつか違い棚に飾っておこうと思った。みんな戦時中だったから写真はあまりないのだが、置物はある。じょうは時々、古物を買ってくる。いつかは手あぶりの小さな火鉢と真鍮の火箸と香炉を買ってきた。お護りのえびす、大黒天はないのだが、昔の家を少しは覚えているのだろう。床の間にささこが花を生けて、置物を飾り、いつも季節に合った掛軸をきちんと掛けていた。

アゲハの好きな置物がある。それはちょっといいもので、床の間に飾ってあった。アゲハは他に何もいらないので、いつかこれを頂きたい、とじょうに予約を申し出てある。そしたらじょうが85歳になったある日、アゲハが帰る時に、「これ持っていきなさい」といって用意をしてくれた。涙がでそうなほど嬉しかった。教職一級免許をとりそこなって親にも心配かけてきた。いつかこれをじょうから受けたアゲハのお護りとして、次の子孫に贈ってあげようと思う。そして又、その次へ贈ってもらおう。その次へもその又次へも。ずっと。

みるまに復興が進み、人だらけの東京は生き馬の目を抜くといわれ、青田買いで新卒者が続々と都会に上京してくる。大事な金の卵といわれた学生さん達や、集団就職で入社する紡績会社の女子工員さんもいっぱいいた。大手、中小企業の社長さん達は駅や港や空港に、卒業したての新入社員を迎えに行く。この数年（昭和30年代）は毎年10名くらいの、新卒者が入ってきた。

同級生の知人に沖縄県出身の人がいて、3人でよく話した。彼女は工員を3年勤めて退社したところだった。そして次の仕事を探していた。何か仕事がないかしらというので面接をしてもらったら、とても育ちのよい人で誠実さも買われて雇用が決まった。仕事が決まって嬉しいですといって喜んでいた。4人部屋の女子寮に入る。いい寮なので落ち着くとは思う。でも男も女も会社もデパートも事務も立ち仕事の人も外回りの営業も秘書も喫煙家が多かった。好景気の時というのは仕事が楽しくても、よけいな恋をしたりやるせない時に益なくて害ありに溺れる。

残念ながら、彼女はデパートの店員に向いていなかった。郷里に帰って結婚する人を探すそうだ。半年くらいでとうとうやめたいと言ってきた。アゲハは沖縄に行ってみたかった。思いきって、一緒に行ってもいいか聞いてみたらOKというので、慌てて支度。行きは船。鹿児島の先で大嵐に遭う。初めて遭遇する海上での嵐は、ものすごく恐い体験だった。右手からぐんぐん、ぐんぐん、水の壁が押し寄せて近づいてくる。それを船より高く見上げた次の瞬間、船はザバッと海をへっこます。前方は沖縄、後方は鹿児島、その中間ぐらいの所であった。大波の壁は船の右方からくる。その水の壁を船の右手のデッキにいて、見上げたり落っこちる所をまともに見た。予報を確かめながら決行をするのだから、この船はこの嵐を突破する能力はあり。予定通りに決行し、慎重に進む。うわぁ〜〜〜きた　きた　きた　きた、きた　きた　きたきた、あーっ、乗っかった。あーーっ、落っこちた。あーーっ、また　くる　くるくる　くる、くる　くる　くる　くる、あ〜〜〜乗り上がった。あ〜〜〜落ちた。あああ十何回、これを繰り返した……。そして、船は無事に嵐を乗り越えた。そうか、船はサーフィンみたいなのだ？　前進していながら右の横手から来る大うねりの水の壁を斜めに乗り上がり、越えていく、そうでしょ？　恐いから鹿児島方向に戻って下さいと2度も船長室に頼みにいってヤイヤイ騒いだみんなは、やっとうねりを抜けたとたん、静かになった。あの時の波は水色でなく、不透明のうす茶と黄緑であった。すごい体験であった。

沖縄は恐いの。幽霊がいるのよ。

友人といとこさんの3人で市内見物、そして、ビキニの水着でインブビーチで泳いだ。国際市場も行った。そこは軒並みに店舗があって、ふと乾物屋の乾燥した水へビが目に留まった。わっ、びっくりのおみやげ見つけた！　と思った。昔はごはんと炊いてみんなが食べたそうだ。年とった人達は、今も5センチ位に切ったのを炊いて食べるというので、食べるか飾っとくか分からないけど3つ買った。荷造りをちゃんとしないとこわれちゃう。長くのびたままのを2つと、とぐろを巻いたのを1つである。

買物の帰り道、幽霊が出るという噂のある原っぱを通る。本当だってば。いるのよ。みんな見てるんだから、と聞けば、やはりゾクッとして猛スピードで突っ走った。離島に住む、友人の親戚の家に行く日、船で釣りをしながら行くという。

いつも釣れないの。へえ、今日は？　今日は3匹釣れたのよ。

波はなく、一面透き通ったうす茶色の海、海底が砂地なのでその色が丸見えなのだ。飛び込んで泳いでしまおうかと思うくらい穏やかでフラットな一面ずうっと（同じ深さの）海だ。

だめ！　深いの、と言ってストップされた。

島のみんなは親切で優しい。特別に裕福でなくても、みんな幸せそうに暮らしている。庭のパパイヤを見て、欲しいと思った。そしたら2つ取って下さった。なのに、帰りの飛行機を降りてからの検問で没収されちゃった。残念で残念で、お礼状にそのことを書いた。

まだパスポートが必要だった時で、友人からの返事の封筒に貼ってある切手が米ドルの切手であった。米軍基地の面接にパスしたので基地内に勤めている。そしていいこと結婚すると書いてあった。いい女性はみなアメちゃんに取られちゃうと冗談を言ってたけど、彼女、とられなかったんだ。本土で勤めていたが生きがいはなく、好意を寄せる人にも巡り合わずで故郷に戻ったが、基地に勤められたのはえらいわ。結婚したのも良かったわ。

ところが、ある日、級友が来た。そして、出張で那覇に立ち寄った時、家族から2人が他界してしまった事を聞いて驚いたと話す。差し違えをしたというのでアゲハも驚き、すごいショックだった。私らは頼られなかった。相談してくれなかったのが残念だった。アゲハの周りは幸福な人ばかりだった。突拍子もないことをする友が初めて出た。

あのいとこさんには幽霊よりも恐いオバサンがいて、オバサンを見かけると恐くて逃げると言ってたのに。オバサンは長い黒髪をまっすぐたらしていて、日焼けしたまっ黒な肌と半目、片足のない戦争で受けた傷を持っている人である。かわいそうでならないが、その子供と結婚をした友。けれど、あのいとこさんはちょっといい人だった。頭が良さそうで優雅な人だった。アゲハは2人を祝福してたのに。世界中で起きたこの戦争はかわいそう、恐い、大変をいっぱい作ってしまった。あゝ、悲しい。胸がいたむわ。北方では極寒と飢えと重労働で絶命した人々、敵国の捕虜になるくらいなら自決する方がいいと言って、配られた毒薬で服毒死した人々、現地の他人に赤ちゃんを託して、後ろ髪を引かれる思いで戦地から逃れてきた人々……その人達の苦悩を思うと、どれほど心が痛いか。忍び寄る敗戦の気配、戦勝ムードの熱気を消す、平和にならなければ。

アゲハはシベリアもカラフトも満州も知らない。

じょうは高齢になった。それなのに、急きょ引っ越しするという。人は最後に失敗をする。本当だな。アゲハの海外の知人たちのように広い家から小ぢんまりした家に移る人が大方だがキャッスルに住み続けている人もいる。どっちが合っているのか考える時間がなく、年とっての引っ越しは大変だったろう。役を退き、広い家を手放し、初めてマンションで暮らす。日当たりが良く、間取りはたっぷりあったけど。不馴れな環境にそぐわなくて、2人とも、どうも居心地が悪そうだった。外へ出て駅周辺を散歩し、お宮へ行ったり、又、散髪にも行って時を費やしている。新聞は全部目を通し、よく本を読んでいた。70すぎたらどん感になってもいいと思う。親も居なくなって周りのみなも年をとり、自分も年をとってくるからだ。ひざ痛で不便をしている人に何もしてあげられないし、病気になった人には早く良くなりますように祈ることぐらいしかできないし、ごちそう作ったってのどに詰まらせたら大変、これもダメ、それもダメ、とあと味のよくないことばかり。忙しいのでよけいなことを考えない。疎遠になってしかたがない。けれど訪ねて来た人にはものすごい歓迎をしもてなしをする。ごめんよ現実なんで。大人の世界はそうなのだ。

しゅんじは自分は親を見る立場と分かっているから、親を尊敬し、とても大事にしていた。でも、人は最後に言っときたくなるものがある。人生の最後の方、はき出すんだねぇ。来る人達がちょびっとぐちを言って帰っていく。あれ、あんなこと言っている。

アゲハは言わなかったけど、ささこもおばあちゃんもしろ叔母さんも好きじゃなかった。

16、7歳頃のあおこちゃんは底意地が悪いの。ささこも言った。衣食住に不足のない人なのに、世の中は公平。みんな、心の中の隅っこに置いといたことをとうとう口に出していく。裕福に育てられたから、私らの苦労が分からない、とじょうに言われたことはあるが、どこでもそんなことはあることだからそれはいいの。

みんな心にそんなことをしまってあったんだ。しゅんじ亡き後、いい子孫があとにはいっぱいいるけどだれにどうしてほしいかがまだ決まっていない。

昔から強いといい伝えがある。その（そういう）干支の次の年は先のばしていた用事をしたいと思って忙しいという場合もある。だからするべき用事を先送りしてためておいた分、忙しい。

思いの合った土地柄とか、気の合わない街とか、みんな好みがいろいろあるだろうが、ブランド地区だとかネームバリューがあろうとなかろうと、なじめる、なじめないはあるもの。全国どこにも、そして海外にもある各地に根強く言い残されている土地勘や、昔はああだった、ここはこうだったという話も合う、合わない、なじむ、なじまないはあるものだ。今、そういう改革もされていて住環境はいいが、エントランスを入ったり出たりするのが好きでないといって、来る人も、住んでる人も、居心地よくないまま年月がたちそうな予感。アゲハも膝の骨が減っていきそうな年齢となり、人生の半分が終わった。人は最後にへまをする。

ラジオから紀元節の祝賀の歌が流れている。アゲハは不確かな部分もあるがなぜかよく覚えている。紀元という年号から西暦になるのである。紀元二六〇〇年、昭和十五年、西暦一九四〇年、昭和十五年、である。祝賀行事のあとまでこの歌はラジオで世間に流された。これからは元号は西暦で表記。

金鵄《きんし》輝く日本の　榮《はえ》ある光身にうけて
いまこそ祝へこの朝《あした》　紀元は二千六百年
あゝ　一億の胸はなる

（『紀元二千六百年』）

アゲハは60年に1回来るという昇龍の年の生まれ。六白の金星である。苦しくも嬉しくて楽しい人生を生きてきた。一ッ木通りは歩きにくくて好きでなかった。上向きの坂でなく横向き道路なので、斜めになっていて、右側と左側の高さが違う。だから歩きにくい。それがいつの間にか平らになって歩き易くなった。ささこがおぶいひもでおんぶして散歩したこの辺の道。冬はねんねこ、合間は亀のこを着て、よく宮城をバックにして写真を撮った。桧町の辺も山王さんも、まだ入口に小さな川があった清水谷公園も、四季を通してお散歩した道。
アゲハは広尾の日赤病院（日本赤十字医療センター）で産声をあげた。

5人の子供たち

「この人は遠くに縁のある人だ」「どこ？　外国ですか？」「そうとは限らない。親兄弟に縁が薄く、例えば年の差の大きいとか、身分の高低などをさす」「へえ。それいつ頃、来ます？」

これは友ら3人で占いを聞いた時のことである。金額の張ることだったけど、一生に一度くらい見ときたいといって伺った先生の話であった。

4歳過ぎた頃からサイレンの音を時々耳にし、いよいよ本土への空襲が始まった。空襲警報は本当にドキッとする。地下室で夜を過ごす日が増えてきた。朝、目が覚めると大人達がいない。ヒヤッとして急いで上の部屋へ。

そして毎朝、うがいをしたり、ひょうたん形のガラスの目洗いカップで、目をパチパチさせて洗ったりするのを習慣にしていた。

隣のご主人は爆弾を空へ向けて撃つらしい。自転車の空気入れみたいなもので、ポンプを両手で押し下げると発射するという。上空1000メートルの高さまで上がるらしい。敵は低空飛行で連隊をなしてくる。一回でも命中してくれたらすごい。B29だ、いや今度はP51だ。その敵機に向けて両手でポンプを押し下げて、パッと玄関へ逃げて入る。上から自分が撃たれてしまわんように。恐いが、そういう考案を、よくもしたものだと思った。すごい。

じょうは隣組の郡長をしていた。ある日、用事の途中で足をくじいてしまった。捻挫はなかなか完治しない。養生をしていたが、忙しいので脚立を使って足をかばいながら用をした。だからか、歩くと少し足を引きずっていた。人目には分からない程度だが、後遺症が残っている。

足をくじいて療養中のじょう

聖路加国際病院で生まれたしゅんじは、幼稚舎は永田町、小、中学校は氷川に行った。冬、肺炎が流行る。幼児はミルクを戻したり、自家中毒でひきつけを起こすと、若い親達はびっくりする。東京病院（現 慈恵医大）がかかりつけだった。しょっちゅう診てもらいに行ってたが、長引くので父親に行ってもらうとか、セカンドオピニオン探すのはどう？でも学校へ行くようになってから、医者通いは減ったのでほっとした。ガラスの吸い口も、ガーゼやコットンや、三角巾なども、いつも薬箱に入っていた。消化薬は、伊吹山の薬草をブレンドした「赤玉」で、とても好評の常備薬だった。メンターム、オキシフール、クレゾールなども常備してある。かかりつけ医から、転地されたらいいと言われたので、冬と夏の2ヶ月間は近郊の保養地へ行って過ごした。昔は都心の人々は、夏の2ヶ月、別荘や保養地、避暑地で過ごすので、都心には人がいなかった。熱海、湯河原、真鶴、小田原、おおぬき、金谷、館山、伊香保、草津、那須、鎌倉……だから家を借りきっての長期郊外暮らしを、うちもした。鎌倉だけは、幼児には潮がきついというのでリピートしてないが、小田原は毎年、毎年、何年も行った。婆やさんも一緒だった。魚屋さんが相模川でとったウナギを2匹、ブリキのバケツに入れて持ってきた。まな板や包丁やフキンも用意してくる。それを台所で調理し、盛りつけをしてから帰る。ここにいる間はいつものようにお願いしますと頼んであった。鯉料理も欠かさず、体によろしいですから召し上がって下さいといって、目の前で鯉をさばく。ちょこに一杯ほどですワ、といって鯉の活き血をみなに見せる。あらっ、これ飲むんですか、と言ったら、ちょっとだから、みなさんでなめるていどですワ、と言って笑う。肝油を持ってきたり、スッポンを調理する日もあった。鈴広さんに伺って聞き合わせて借りることを決めた借家での日常である。子達はこぎれいだし、行儀もよかった。平時になったら丈夫になるだろう。頂き物で、ベビードレスやベビーケープ、あぶちゃんと帽子のセットが2つも3つもあった。どれもレース使いが繊細で、手の込んだ仕上げだった。地紋の入ったシルクデシンやクレープの生地が何ともいえず品がよかった。壁掛けかソファの背に掛けて飾っていたいようないい物であった。今ではもう売られていない。

氷川神社のお祭り。戦時中なので祭り伴天と豆絞りのはち巻をした写真が一枚だけ。永田町幼稚舎から氷川中学校くらいまでは、米ちゃんが来て撮ってくれたので運動会のも一枚だけはある。

森ケ崎は三味線を昼間、子供さんに教えていた。それが終えると長火鉢の横に座り、酒の燗をして飲み、真鍮の長キセルできざみを吸う。黒の紋付、羽織姿で座敷によく座っていた。

うねめ町の家の近所には歌舞伎界の家のお嬢ちゃんがいて、ささことは仲良い近所友達、学校友達であった。

氷川小学校、運動会。後ろに見えるのは国会議事堂。森があり、高層ビルがなく広々とした閑静な頃の赤坂

りくは子育てのまっ最中である。時々、息抜きにささこを誘って歌舞伎座、演舞場、お浜御殿、そして渡しに乗ったり、台場、佃島も、ささこが裁縫を習いにいく日以外は、しょっちゅう一緒に行くのだった。じょうはお酒が入ると『酒は泪か溜息か』を歌うそうだ。ささこは子供をおんぶしては「お通り」をみてきた。宮様のお姿はしょっちゅう、外国のお客様も、そして又、軍隊の日もあって、軍隊の整列はとてもきれい。剣付鉄砲をかついで1、2、1、2と進んでいく。あれを見ると、

ちょっとすごみがあるので身がすくむわ。——今あの姿は見られない。

親戚の子達もみな大きくなって、家事や電話の応対もお手伝いしてる。

「お父さーん、赤坂の伯母さんから電話」と呼んでるのが聞こえた。あちこち引っ越してしまってるが、伯母さんはずっと「赤坂の伯母さん」。

国立劇場で日舞の出演をする日、みなが招ばれた。

「叔母ちゃま、しばらくです」「昔、お美人」——。

久しぶりに会う従兄弟が来て、冗談でもなくさりげなく「万年お娘」って言う。アゲハは木挽町《こびきちょう》の事務所にもよく行ったが、この従兄弟達ももう年をとってきた。

泰明小学校へ行ってた頃、親族達と富士登山や箱根、湯河原など一緒に行っていた。さんぺいはハイカラな人で、白い麻のスーツを着て、パナマ帽をかぶり、郊外へ行く時はステッキを持っていた。女子はビロードや合物のウール地のワンピースを着て、らしゃの帽子をかぶっていた。丸テーブルや籐の椅子に手を掛けて画や観葉植物のある応接間で写真も撮っていた　じょうの家ではまだベビー服の子供の時代で、ささこがお産の時には上馬で上の子を預かってもらってた。従姉妹は吉野に嫁ぎ、離れに住まっていたので、一時は従姉妹家族と遊んだり、勉強を教わったりした。いつもしまってあった戦前の写真を見せたり、戦死者の一面に寝かされた写真を見せると、従姉妹はわぁといって驚く。

「あの辺に住んでたからそういうのあるのね。上馬にはなかったわ」

という。アゲハもこの写真を初めて見た時は、いつだったか、新聞で三島由紀夫の頭部がころんと床に置かれたのを見た時と同じくらいびっくりだった。

『孫子の兵法』『関ヶ原』など全巻揃った本をじょうからもらった。又、神田の書店で『二・二六事件』の古本を見つけて買い、会社の後輩の女性からは『馬族』という本をもらった。大学の教授からも原文の本やペーパーバックをもらった。サインを入れて下さり、アゲハにとって大切な蔵書である。

聖心女子大学出身の彼女は退社してシスターとなってシトー修道会に入る決心をした。その時、私財を整理して、見猿の彫り物などを記念にくれた。その時の『馬族』の本をうっかり古紙収集日に出してしまった。40年以上もずっと本箱の片隅に入れていたのに。『二・二六事件』の本もだ。まさかと思ったが、手元からなくなってしまったことへの後悔が今も続いている。売ってないのでどうしようもなく、1人でいるのはどうもいけないと思った。もし人に相談していたならば、置いといたかもしれない。それくらいのスペースあるもん。できる家の人や、できる友はかまうのがいい。アゲハは引っ越しや海外生活も長い。だから、全国に点々と居る学友達や、お稽古

社説

二・二六事件と財政

高橋是清に何を学ぶか

75年前の2月26日、東京は30年ぶりの大雪だった。街の中心部は、1400人の軍人に襲撃、占拠された。いわゆる二・二六事件である。

総理官邸や天皇の重臣の屋敷、警視庁、朝日新聞東京本社などが銃剣で武装した将兵らに踏み込まれた。高橋是清蔵相、斎藤実内大臣らが暗殺され、内閣は総辞職に追い込まれた。

事件後、軍部にたてついてまで正論を主張しようとする気風が失われた。やがて人命、資源を費やした戦争に突き進んでいく。

国力の礎を守る

歴史の分水嶺《ぶんすいれい》だった。今、この事件を見つめたい理由は、そうした軍の暴虐についてではない。理不尽な要求をはねつけようと、自らの体を張った為政者がいた。そこからくみ取るべき教訓があるということだ。

事件の直前、1936（昭和11）年度の政府予算案が編成された。難産の末に産声を上げた。

陸海軍は当初、前年度比14％増に当たる11億7600万円の予算要求を提出していた。民生費などを合わせた歳出総額の約5割を既に軍事費が占める中、更なる増額を求めたのだ。

この時、立ちはだかったのが高橋蔵相である。こんな国会答弁がある。

「いくら軍艦ができても兵備が整っても、国民の経済力で維持し、万一の場合これを動かす力がなければ役に立たぬ。国防の程度は国民の財力に耐える程度のものでなければならない」

昭和初めの金融恐慌、緊縮財政による国内不況、貿易相手の欧米はウォール街の株価大暴落に端を発した世界大恐慌に見舞われた……。世界も日本も、気の抜けない状況だった。

産業界や国民の家計を守り育てていく。それこそが国力の礎である。税などの負担を抑えつつ、民間資金を手厚くするため低金利政策を推し進める。高橋財政の根幹だった。

国債大増発から削減へ

こだわったのが、膨らんだ国債発行額の削減方針だった。疲弊した農村救済などのため、財政出動を繰り返した高橋だったが、35年度予算では国債の発行額が前年度より減らされており、36年度も同じ方針で臨んだ。

国民の窮状には財政出動をいとわない。だが、規律なき国債増発は金利の上昇や、民間から資金を奪う。時に柔軟に、時に厳しくが高橋流である。

予算編成の閣議は、軍部と高橋のにらみ合いになった。結局、高橋は国債漸減方針を変えず、軍事費は増えたがその伸び率を前年の半分以下の4・4%に抑えて予算編成は終わった。

「82歳翁の頑張り・耐久王高橋さん」「奇跡のダルマ」……。21時間も続いた閣議で、信念を貫いた老為政者を当時の朝日新聞は称賛した。

しかし、軍事大国への道に立ちふさがる高橋は、軍部にとって邪魔者以外の何者でもなかった。

高橋亡き後の予算編成は軍部の思い通りとなる。後継の財政当局者らは「公債は生産的である。特に軍事公債は生産的だ」と述べ、37年度予算は「未曽有の膨大予算」と朝日新聞が批判するほどの積極型。結局、総軍事費は36年度の3倍になった。

増勢はとどまらず、39年度は36年度の6倍、日米開戦時の41年度は同12倍、44年度は同68倍……

軍事費を賄う国債の増発が繰り返され、終戦時の公債残高は国民総生産（GNP）の2倍近くにも膨らんだ。戦争が終わってなお国民を苦しめるハイパーインフレの種がまかれた。

そして——。国土は焦土と化し、国民は一からの出直しを迫られた。

さて、今を生きる私たちは、先人の振る舞いを愚かと笑えるだろうか。

国民の生活に責任を持つ

身の回りを見渡せば、あのころと似た情景が広がる。自らの負担以上の財政支出を享受し、社会保障や教育、道や橋などの社会資本の整備に費やしてきた。軍事費と民生費とを同列にはできないが、財源の裏打ちなき出費は無責任のそしりを免れない。

国の借金残高は名目国内総生産（GDP）の2倍近い900兆円まで積み上がった。将来のインフレや増税の種をまいたに等しい。さらに深刻なのは、財政の惨状を全身全霊で改めていこうという為政者の長い長い不在である。権力をめぐる争いこそが政治家たちの主戦場との観すら呈している。

与野党の隔てを超えて「国民の暮らしを守る」と言う。では問いたい。これだけ借金を積み上げて守れるのか。とりわけ子や孫の未来を、と。

守るためにはどうすべきか。国の財力の範囲に歳出を抑え、どうしても必要な歳出があるなら、国民を説得し、それに見合う負担を求めることだ。

世界に例のない速さで高齢化が進む日本で、社会保障は最重要課題である。その財源を優先しつつ、負担を国民に求め、他のムダや我慢すべき政策は徹底してそぎ落とす。

まして財力に見合わぬ軍備に巨費を投じる余裕はない。争いを未然に防ぐ外交に心血を注ぐことが不可欠だ。

そうやって国民のいまと未来を命がけで守る。いまも昔も、責任ある為政者の使命というものだ。

高橋の葬儀の時、「幼児を背に、子どもの手を引く裏店《うらだな》のおかみさん風の人びとが多数を占めていた」という。庶民たちは、だれが自分たちの味方か、よく分かっていた。

<2011・2・27>

朝日新聞　2011年2月27日　社説　二・二六事件と財政

ごと関係の友、それに首都圏にいる親戚や友人もごぶさた続きだ。転居届やそれの1年間の延長の届けは、いつも必ず出してある。年賀状は書く。なので、1年に1回位しか音信なくても、みなさんの健康や、あの人は今こうしている、と、大体分かる。これが大事だなと思って。

まっ赤な炎が映った空港ロビーのTV。「日本？　日本のどこですか？」

到着したばかりのヒースロー空港でアゲハは驚いた。阪神淡路大震災が起きた時のことだ。さっきまで機内でぼやっと座っていたのでドキッとしたが、震源地が東京じゃないと分かったので落ち着いた。昔、ロンドンの人達がまだ海外旅行に出なかった頃、長い休暇は毎年おいしい物がいっぱいある田舎で過ごしたというが、アゲハは今回は違う目的で来たが、それでもクロテッドクリームは食べたいし、この国で便秘したらオレンジを食べればすぐなおる、なんて思って機内から降りてきたばかりなので、本当にびっくりだった。この国は、暮らしたことのある所だし快適で無難なロングステイだっただけに、着くなりびっくりニュースが入ってくるなんて――。

退職後1週間目、体がなまりそうで、1週間が1ヶ月のように長いゆううつな時間と感じた。定時の起床、朝食、新聞を読む、は以前と同じだ。何が足りない？ やはり体を動かすことだ。家でも決済箱など置いてオフィス気分にして事務作業は欠かさないし、郵便物も毎日整頓する。11時から15時、体操だけが運動ではないから。いなかは目立つが街だって駅へ行くまで靴の音なんか聞こえるし、本当に静かな住宅地あるからね。毎日の生活音、たてている方が気は楽だと思う。

旅行どんどん行こう。取り置きしてもらった新聞が届き、ヘッドに目を通す、必要なページを切り抜きする。今、多様化してきてる。変化、新しい生き方が急速に広まり、働き方やオフィスや商店の形態も改革、他にも週刊誌も読むし、報道も聞く。初めて見たワードなんかは辞書を引いたりして……たまたま昔から海外の国でもあるブラック企業とかブラックな行為、人、行動などもそれもこれもみな改革の時代。でも30年もすれば戻ってしまう。徳川時代くらい続かんかしらせっかく改革したのに。通勤する人も自宅で仕事をする人も、辺鄙な地方に住む人々の働き方も改革。テレワーク、リモートワーク、ワークフロムホーム、……。ボランティア、大流行り。働き方は様々だ。その中で運動不足、日光不足。休憩5分のとり方、8時間働く目安、休日の過ごし方、積極的に人前に出て、化粧や調髪に適度に金をかけ、自分を健全に構っていけばいいんだよね。

　時々高尾山に行く。水はまとめ呑みはダメ。以前のように弾丸登山はしない。暇ができた。がっちりした大きくない家、庭が広い家、もっとずっと以前なら叶ってたかも。門、塀、車庫は必須、池やせせらぎ、石、灯ろう、水琴窟、手水鉢《ちょうずばち（ウォッシュボウル）》、池の渕は溶岩石で囲み、玉龍、トクサ、ヒマラヤユキノシタ、シラン、松。いちょう、ユリ、ほおずき、万両、千両、ふの入った青木、おもと、菊、沈丁花、カーネーション、あじさい、なでしこ、つつじ、さくらんぼ、桑、茶、ざくろ、ぐみ《（山ぐみ）》、柿、りんご、きんかん、ゆず、レモン、みかん、びわ、ぶどう、カエデ《（いたやかえで）》、なつめ、あけび、三又のむべ、ブラックカラント、ベリー、菊いも、プルーン、山椒、いちじく、コーヒーの木、アロエ、シソ、ふき、ミント、ミツバ、セリ、クレソン、さつまいも、さとうきび、アボカド、いちご、椎茸、パセリ。本当は秋の七草だけのお庭でいいんだが……。にわとり、山羊、鉄棒、シーソー、用水桶。ブロックでバーベキューの窯を設置。プレハブで離れの家を作る。山は買わない。井戸は掘らない。毎月低くても定収入ある仕事を1つ必ず持つ。収入の入る工房を作る。畑は自分らが食べる物だけ作る。民宿とか米作、養蚕などは出来ない。陶芸は食器や花器というより、室内装飾品やオブジェアート、又、ガーデンテラコッタもしたい。七宝焼、木工、鉄工などしたい。あれがしたい、これがしたい。果樹を植えても虫がついたり鳥にたべられないようにしないと！　手間がかかりそう。そして、トイレ、風呂、冷蔵庫、電熱源、又、家屋も作った人の話を聞くと興味しんしんだ。山奥へ行かずともちょっと近郊でできたら便利だろうが、隣家に迷惑をかけないスペースがあればの話。住居で人事なのは家や家財をシケさせないことであろう。今は防ぐ方法も進化しているからやっておけば大丈夫。釘1本打たせても、曲がったり打ち直しばかりする人もいれば、頑丈でていねいな仕事をする人もいるし。

お金を残してこの世を去るなんてつまらない。旅行をしよう。美容院も行こう。自分には自宅の他に実家の家もある。子らはまだ勤めているから給料が入るし、自分らで家も買って住んでいる。だから親の家はいらない。自助で大丈夫。少子化時代の金余り。パッパカ使ってぜいたくしないと損、損。兄弟が少ないから出来た。世の中にこのお金が回って景気が活発になって、いきいきしそう。良いワ。だからするワー。安定した生活をしている家庭だったから出来た。定年後、平穏に暮らしていけそう。ハメははずさないが、このゆとりは高級志向で使っていく。きちんとしたお郷《さと》は知れる。たとえ~だとしても、もし~でもみんなの世界がよくなりそうでうれしい。ありがとうって思いはする。

小庭の鉢植え、日当たりが良いから根も葉ものびすぎて植え替えしたいので、又、庭地を探すことにした。このあいだから高尾、飯能、檜原村、など何度か行って調べてみた。都心の家は広いにこしたことはないが、しっかり子孫をまもること。せまくてもいい、手放さないが田舎に移転するのでなく、移住ではなく、地下室やシェルター、アネックスは作らないしセカンドハウスでもなく、アゲハの頭の中で描いているものは言葉で言い表しにくいものなので伝えにくいが何て言ったらいいだろう。非常時の際の疎開先や都心の家の建て替えの時に仮に住んでもいいし、キャンピングカーを置くスペースがほしいからとか週末だけの家とかちょっとした隠れ家的な所……なんか探しているのである。いずれアトリエには使いたいが、経費のかからない自分の貯金で買える田舎を探しているわけだが将来は子育て世代が住むかもしれない所をである。でも水道管が凍ったりする寒い所はやっぱり住めないだろうな。植木鉢の底からゴボウより太い根っ子がはみ出していて鉢が傾いているのをみて「もう少しまっててね、いい所に植えかえてあげるからね」と言い聞かせて何十年たつことか。アゲハは鉱石が好きなのだが植木も同じくらい好きなのでせまくてもお庭がないとだめである。

格差の時代だ。昭和のあのぜいたくな高度成長期を甘やかされて育った子達は今、親となっていろんな層ができている。富裕層、貧困者、落っこちた中間層、公助を受けざるを得なくなった人……。馬鹿っ母、馬鹿っ娘なんかも出てきた。週刊誌の見出しが目にとまる。

75歳を過ぎたら墓や葬儀費用などの大きな出費がいることを考えて、旅行ばかりして個人資産をなくさぬようにしなければ。アゲハには金庫が3つある。そもそも、旅行中、燃えてもらっちゃ困るものを入れておくために買ったことに始まり、それに入りきらなくなってそれより小さいのを又、買い、後日、じょうの遺品で、中味の増えそうな縁起良い金庫をもらって3つになった。これは耐火保証期限が近いものだったが、使い勝手が至極いいのだ。少し幅広なだけなのに、A4サイズがきちんと入る。それがよかった。けど、じょうの部屋にあった大きな防犯金庫がほしかった。えっ？防犯金庫に用なんかないだろ。そう笑われそうなので、何も言うのはよす。あれ一つにいろいろと全部入れといて旅行に行けば世話がないと思っただけ。だからだまっておく。何を入れてるのかといえば、本が入ってる。写真なんか入ってる。シルクのハンカチーフも入ってる。レターや書きかけの童話や未整理中の書き物が入ってる。何んだァ、そんなの入れてるんだ。

実家にいた頃、ささこがよく、じょうの金庫を開扉しているのを見たが、ダイヤルを行きすぎたり、間違ったりしてなかなか開けられない。あれじゃ急ぐ時、困る。アゲハは暗記だ。右へ何回、左へ何回、右へ何回、左へ何回、あっという間に開いて、よく、あっち開けてこれをしまい、こっち開けてあれを出した。プッシュの場合だって同様、3つとも全部覚えてささっと開け閉めをする。3つとも満パイだが、あともう1つ……は買わない。重ったい物を家にあまり置きたくなくなった。

友が今年から年賀状を出さないという。生涯現役がいいのにつまらんの。アゲハのラストはまだずっと先。次に本当の本当の最後が来る人生最後の8年間、すべきことをし残さないでいく。まだのぞいてもらいたくない。が、確実に前へ向かって行っている。都心の一極集中、地方の疲弊。郷里回帰。代々田舎の人でさえ後を継がないことを、誰かがやればそれもいい。そもそも地方や田舎、都会……地理上の場所がちがうだけでみな同じ？　人が行ったり来たり、必要があってここに来て、必要にかられてあそこへ行く、生まれはここだが仕事であそこへ行く、勤めがあるのでここに住む、旅行したくてあんな所にも行く、ここが気に入ったので住んでいる、良くなければ一回きり、良いから行く。誘導不要で、郷里回帰はいいことだろうし、代々続いていることも絶やさない方がよさそうだ。東京が郷里の人だってそうだ。昔はお寺さんが戸籍係のようなものだった。ご先祖の話を聞けることとって、何だかとても嬉しいし、胸が熱くなる。先々代のおじい様はですな、とにかく躾の正しいお方でした。おばあ様も学のあるお方でしてな、子孫のお子達もみないいお人柄で本当にいいことでございます。

とうとう最後までいた叔母も亡くなった。親族はもういない。これは思いの外、寂しい。震災や戦災はあったけど昭和の後半、35年間は人々が本当に楽しくて嬉しいことの多かった時代であった。じょう亡き後、ささこは独居だったが感じの良い家政婦さんとささこがお茶を飲んでいるのを見た時、あ、あれでいい、今までずっと幸せだった人だから、これでいいやと思った。本当はいつも気がかりだったのに。

で、ささこ亡きあと、遺品の片づけが大変。家財が多すぎた。ああ、実家がなくなる。でも気が一つ楽になった。立場があるから、傍《はた》はその場だけ見て気がかりだと言うが、ほんとね、みんな怠ってなんかいないわね。戸建てでもマンションでも寝る前に気をつけることはみな同じ。親の家でも自分の家でも、外灯は消して寝たか、トイレの換気扇は止めたか、蛇口がもれていないか。電源の入りっ放しは嫌なんだ。過熱はしないとしてもスイッチはオフ。離れ、アネックス、スープの冷めない距離に居て良かった。

あの家はね、ささこが91歳まではいつもきちんと整っていた。貴重面なささこの家らしくなくなったのは92歳から。ささこは自分でできるかどうか分からないことをしょっている。いろいろあるから簡単には手放せない。手土産に買っていった菓子缶が次に行った時、そのまま置いてあったのを見て情けなかった。どこか具合が悪くなったらもう覚悟、なんて冗談いう人でなく、死に支度もせず、自然と眠りに入っていった人。

上質な家具、小物、そして根付、箸置、万年筆、磁石、足指用爪切り（親が足の爪切ってて身を切ったのを見た。今、自分も同じようになってきたよー）、七つ道具セット、錫、銅、銀の製品、七宝、陶器、パキッと切れ味のよい爪切り、塗物……故人を偲びながら一部屋ずつ順に遺品整理し、それぞれが次の行き先へ。①あきらかに捨てる物、②誰かにあげる物、③自分がもらう物、④ひとまず自分の家へ持っていって、よく調べたい物、⑤いるかいらないかみなに聞く物。捨ててしまってから困らないようきちんと片づけよう。

1人は2人よりやっぱり貧乏だ。でも、今、1人だけど明日は、2人かもしれない。

いつか2人になろうとも今は1人がいい、家事、子育て苦手な気楽な1人、平凡でつまらない2人、いろんな人がいるけど、まねしなくてもいいしまねしてもいい。引き留められていないし、家を離れがたかったわけでもないし、世の中にそんな、3つも4つも幸せなんか転がっていない。飾った部屋で天から与えられたちょっと温かい幸せ1つ持って生きていく。天命が終わる時までどうぞ消費期限が切れませぬように。

B級ヒノキ板1枚買ってきた。何か考案してたら額縁が出来ちゃったので、ちょうどあったモネの絵、入れて飾った。地球沸騰化、気温35度超え、おまけにむし暑い。部屋はエアコン点けっ放し。室内でも熱中症の危険度は上がる。世界中各地で起こる自然災害のひどさ。代替食品もそうだ。無防備に知らずに食べないと思うが。でもみな元気だ。運動も食事の用意も上手にやっていると思う。アゲハも何とかしのげているが、6月から9月までの長い夏日ってどれだけ大変かもう異常気象はなおってほしい。

まだ旅に出たい。「気をつけて行ってきなさいね」と言ってくれるが、出発前に「心配」と言う言葉は聞きたくない。「行ってらっしゃい」だけ言って。きかんぼだったけど、親身になって言ってくれる温かい気持ちをとてもありがたいと思う年になってきた。甘えておこう。あゝ昆虫食なんか研究が進み実現してきた。栄養があっても地方でよくない点もあるというからまだ一般的でないと思う。

お墓参り代行します。親の家を片付け隊、遺品整理、墓掃除、ピアノや不用品の回収、宝飾品や着物の買い取り、セトモノや花びん等のリサイクルショップの無料引き取り、庭の草取り、収穫手伝い、小さな頼み事引き受け、買物や銀行等おつかい。大工仕事、何かとやります便利屋さん、年寄り見守り隊——以前、前面に出てやらなかった○○○し隊という手伝い業が急速に流行ってきた。

ごみは捨てる。要る物を捨てたりは絶対しない。古着はウエス（家庭でも使うし、工場などで機械をふく古布用に切る）。動物の毛皮、象牙、べっ甲、これからは買わない。世界共通語（英語）をしっかり身につけ母国語も他国語も上手な人に。

さて、叔父さん叔母さんのいた頃はよかったな、このところ引っ越しとかリフォームで忙しくて大変だったせいか、とても疲れた。アゲハは今まで病気知らずだったのは決して丈夫な体だったわけではなく、自分がものすごく気を付けた生活をしてたからだ。不同意に入ってきたふいの病気、望まぬが一つ一つ治していかなければ困る。昭和は張り合いがあって、すばらしかったが、変化もしてきた。世界と協調、限りある資源の共有、使い捨て見直し……そうなれば地球が喜びそうでうれしい。令和時代、まだ6年、世が急速に動き、あの頃（昭和の40年代）に似てきた。

それは時代に追いつきながら日々の報道にある新しいことを覚えるのに忙しかったこと。株価上昇、給料も時給も上がり、スキマバイトもやりだした。宇宙旅行で月面への個人旅行、もう何人も行って帰ってきてる。火星探査、ロボットの進化、ＡＩ、深海、高地も探査が行われ働き方、新農業、新薬、新建築、自動搬送型室内墓は売り出し中だ。宇宙業の集積所になれそうな原材料供給網がある。宇宙港のハブ、打ち上げ港をめざせるかも。えっ――。それで宇宙ごみもいっぱい。人工衛星もいっぱい。軍事用や観測用に必要な空の目。乗り遅れぬよう開発は進んでる。

何はともあれ常緑の木も季節の葉もいきいき育つこの小さな庭を毎朝7秒眺めて目を楽しませる。2口吸って酸素を体中にとりいれる3秒の長年の常の行為はさいごまで続けるだろう。花木ありがとうといいながら。この美しい地球、みんなで楽しもう。

アゲハもこの今の時代に生きている一人。まだ終われない。
多くのみなさんに慕われ愛されている子供の頃のあのへんは、友や知人がいるので時々行くけど行った日はなぜかラッキーな日になります。だからあそこは永遠に良いまちであり続けると思います。

終わり

あとがき

これ、本になるかしらと思ったことが本になって出来上がった時の喜びは、嬉しくて忘れられません。心に移りゆくその時その時のことを書くので、子供の頃から大人の時、そして又子供時代というふうに時が移ったり戻ったりしていきながら書き進めました。

そして、人の助言やお力添えがあったり、私の知らない所でお世話になったりしていることがあるかもしれませず、お礼と感謝の気持ちを紙面をもちましてですが、申し上げたいと思います。ありがとうございました。

私は読売新聞、大手町本社5階に1年間の予定で勤めたことがあります。確か「ザ・ヨミウリ」が出来た頃です。又、毎日新聞、英文局の関連会社に3年余り勤め、朝日新聞はウォーキング行事などで20数年間も、世界の多くのウォーカー達と共に協賛などでお世話になりました。そして親の読んでいた日本経済新聞をさらっと見る程度でしたが、殆どいつもみていました。

新聞に縁があるかと思いましたが、なかったです。琴の総許《そうゆる》し、名取りは22歳頃でしたが、その時、デザイナーにならず、会社員に憧れて総務・秘書・総合職、そして琴を35年以上やりました。

童話を書くのが好きなので、もっと書きたいです。

なので健康でいられますように。亜熱帯化か、慣れない異常気象でだんだんお医者にかかることも出来てきましょう。決まりはないので、自分が行くのに都合がよい便利でせかせかしてない落ちついた所を見つけておいて、備えながら作品づくりに励みたいと思います。

２０２４年９月２日

著者プロフィール
野田 瑛子（のだ えいこ）

1940年、東京都生まれ
東京都在住

既刊の著書、「わあ　みんな　あつまったねぇ」文芸社　2019年（令和1年8月15日）、「みんなで人生あし旅讃歌」文芸社　2019年（令和1年10月15日）

箏曲研究家（生田流　琴）
服飾専門学校　デザイナー科卒業
日本大学　文理学部　通信教育部卒業
現在　明治神宮献詠会会員
　　　（社）日本ウォーキング協会準会員

うるわしの表町《おもてまち》

2024年12月15日　初版第1刷発行

著　者　野田 瑛子
発行者　瓜谷 綱延
発行所　株式会社文芸社
〒160-0022　東京都新宿区新宿1－10－1
電話　03-5369-3060（代表）
　　　03-5369-2299（販売）

印刷所　TOPPANクロレ株式会社

ISBN978-4-286-24950-6